Mai Jiu

他又甜又野

He Is

Sweet

And wild

T E 麦九 X T

目录

CONTENTS

Content

5 ⑪ 12 ⑪

――――――― 「来了新舍友?」

「你就是那个"备胎"?」

I Wanted To Circle You.

圈住你 ――最初的最初，只想逗逗你，却忽然，想把你圈进我的领域里。

我要
追你

从这一秒开始

This second

Starting
with This Second

Cloud

· · · 01 · · ·

　　黎千远在米杨和柯以寒订婚宴的第二天醒来，发现自己身边躺着个女人。

　　这个女人衣衫不整，一副饱受"蹂躏"的模样。这不是重点，重点是——这个人是米杨未来的小姑子，柯以寒同父异母的妹妹柯清晨。

　　认出女人的那一刻，黎千远把自己剁了的心都有了，没等他反省错误，柯清晨也醒了。她先是看了黎千远一眼，然后开始尖叫，尖叫声响彻云霄，突破天际。

　　没一会儿，尖叫声把大家吸引了过来。黎千远赶在众人冲过来之前眼疾手快地抓起被子把柯清晨包了起来，包得严严实实的，只露出一个不断尖叫的脑袋。

　　昨晚米杨和柯以寒的订婚宴是在黎千远家的郊外花园别墅办的，这栋别墅建得很美，既可以当花园又能当住宅，是黎家的度假地。因为两家交好，黎千远便建议米杨把订婚宴设在别墅里，可以闹一闹，顺带过夜。所以，柯清晨这一尖叫，叫来的人特别全，来人包括米杨、柯以寒这对新人的父母，以及黎千远的父母。

此时，三方父母的脸色都称不上好看。毕竟订婚宴的晚上，新娘的发小和新郎的妹妹同床共枕，信息量这么大的事，一听就是要给社会新闻贡献流量的。

三方长辈急得团团转，围着柯清晨嘘寒问暖，追问她发生了什么事。

柯清晨咬着唇，一句话都不说，只是哭，眼泪跟不要钱似的一滴滴地掉，哭得我见犹怜，梨花带雨，哭得大家心都碎了。

米杨的心碎得最快，她动作凶猛地把"衣冠禽兽"黎千远揪出被窝，向众人示意自己会大义灭亲。她把黎千远拉到走廊，关上门，问："说吧，发生了什么事？"

黎千远摸了摸胳膊，被这么拉出来，他有点冷，都起鸡皮疙瘩了。他一脸茫然，神色还带着宿醉的不清明，摇摇头："不知道，我喝醉了。"

"你喝醉了？你喝醉了就能这样？你们才刚认识啊！"米杨的嗓音大了些，忍不住上手揍他，"行啊，黎千远，我怎么没发现你这么有能耐，都学会酒后乱性了，而且还事后不认账？"说完上去就是拳打脚踢。

黎千远站着没动，没承认也没否认。他摸摸脑袋，一脸迷糊，看来是真的什么都想不起来了。

米杨把黎千远暴揍了一顿，累了，蹲在地上，开始哀号，看着黎千远泪眼婆娑："千远，我和以寒才刚领证呢，你就来给我添堵。

"呜呜呜，我的命好苦，好不容易有情人终成眷属，就不被祝福。

"怎么办，我连喜糖婚纱都买好了，却遇到这种事……"

黎千远被米杨哭得脑壳疼，忍不住大喊一声："行了！我会负责！"

"怎么负责？"

"先订婚后闪婚，以身救友，拯救发小的婚姻！"黎千远掷地有声。

"行，这可是你自己说的，我可没逼你！"米杨喜滋滋地站了起来，愉快地给了黎千远一拳，"我就知道，我的朋友黎千远是个有担当的好男人。"

黎千远：……

他要谢谢她的夸奖吗？

没等他说话，米杨又极不认可地瞪了他一眼，碎碎念道："好好的人你不做，为什么要去做禽兽？白便宜你了，我家小姑子美若天仙，配你，真是暴殄天物！"

黎千远：……

双方很快就达成了共识。

等黎千远和柯清晨衣冠完整地坐到大厅，双方父母明显已面色放缓，甚至可以说是相当融洽，已经谈起"先订婚后闪婚，三年抱俩，四年冲仨"的伟大目标，务必要给祖国的出生率贡献一份力，还非常识趣地都闪了，美其名曰给这对未来新人培养感情的空间。

其他人都走了，偌大的客厅就坐着两人。

柯清晨已经换上清清爽爽的牛仔衬衫，露出一张素面朝天的脸。她有着一张明艳动人的脸，眼睛狡黠水灵，明亮有神，倒真像书里形容的"点点星光，碎在眼眸"。

这会儿大家都走了，她不再"梨花带雨"，也不"楚楚可怜"了，她往沙发上一躺，做出一个标准的"葛优瘫"姿势，长长地出了一口气："哎，可累死我了。"

浑身的慵懒自在，就像一只吃饱喝足没事找事的懒猫，气得人痒痒的。

黎千远走了过去，坐到她身边，板着脸，问："你是故意的，对吧？"

柯清晨懒洋洋地看了他一眼，慢条斯理地回答："我可一句话都没说，是你自己说要负责的。"

黎千远仔细一想，柯清晨确实从头到尾一句话都没说，她光哭去了……

他宛若被打了一记闷棍，坐着生闷气，看着沙发上怡然自得的柯清晨，忍不住倾身，神色铁青："你就欺负我吧！你一直欺负我。柯清晨，现在这里一个人都没有，你真当我什么都不敢做？"

"哦？"柯清晨的眼睛危险地眯了起来，她起身靠近他，"那你想做什么？"

"想做什么你就来。"柯清晨眼波一转，十足的挑衅。

两个人对视，脸几乎要贴在一起，距离不到一厘米，呼吸都混在一起，分不出是谁的。黎千远的耳朵红了，脸也热了，他看着面前明媚动人的女孩，她的眼里全是无畏的笑意，还有些他不敢探究的热意，烫得他心软发热。

他败下阵来，算了，他不敢，他确实不敢。

他不敢，柯清晨却敢，他退她进，她不客气地抓起他的胸襟，拉近他，明亮的眼睛直视他，一字一顿地叫他名字："黎千远！"

黎千远抬头，看着面前气势凛人的女孩，女孩的眼神有些受伤，他听到她有点儿委屈的嗓音。

"你，你竟敢装不认识我？"

"我，我……"

黎千远涨红了脸，支支吾吾，说不出话来。可这不怪他，谁想穿女装时被前女友看到，他不想被当作变态啊……

他低眉顺眼地道歉："我错了。"

"还有呢？"柯清晨可没这么容易放过他。

"我想你了。"黎千远脱口而出。

话音刚落，两人都微微一愣，这话说得太顺口，好像他练习了千百遍一样。

我想你，柯清晨，我想你了。

柯清晨松开他的衣襟，却没收回手。她有多久没这么看他了，太久了，真的太久了。

热意涌上眼眶，柯清晨强迫自己笑了下，她哑声问："黎千远，以前你说要等我到二十八岁，现在，还当真吗？"

当真。

黎千远在心里回答，别说二十八，三十、四十、五十，我都等。

◆···◯2···◆

在众人眼里，黎千远和柯清晨确实是初识。

就算是穿着一条裤子一块长大的米杨，都不知道两人"孽缘"已久。

时光倒回到多年前，那个他们还都白衣飘飘的"青葱"时代……

那会儿，黎千远还是个成天只知道傻乐的学生，一个实打实的阳光少年，除了学习，他的课余时间都用来接近心中的女神陶菲菲了。

陶菲菲不仅是他一个人的女神，也是一众男生的女神。学生时代是很单纯的，陶菲菲人美成绩棒，自然而然就成了那个"我们一起追过的女孩"了，黎千远就是追求者中的一个。

不过他成绩一般，女神看不上他，女神欣赏的是同样风靡全校的学神柯以寒。在她眼里，那才是真正优秀的的人物。可黎千远别的优点没有，他脸皮厚啊，他觉得除了自己，谁都配不上女神。

为了靠近女神，他煞费苦心，先是派出发小米杨去收集柯以寒的黑料，未果之后，他仍不放弃。他很上进，发奋学习，努力考到女神重点大学的隔壁——一所普通的本科高校。

没办法，黎千远从小就不是读书的料。他爱玩，成绩一向马马虎虎，就算去复读，也考不上重点名校。再加上他家境富裕，在一帮"败家子"当中，虽不拔尖，也算是一股清流，爸妈拿他跟别人家的"败家子"一对比，就谢天谢地觉得很满足了。

黎千远自我感觉也挺好的，他对人生没有什么野心和追求，只希望完成学业后回去继承家业，然后娶一个喜欢的人，老婆孩子热炕头，挺好的。

上了大学，黎千远终于可以光明正大地追求陶菲菲了。虽然陶菲菲对他忽冷忽热，爱理不理的，但黎千远想，这就是爱啊！陶菲菲是女神，女神哪儿能这么快下凡？这是爱的考验！

于是，大学两年，黎千远每天风雨无阻地给陶菲菲送温暖。女神的宿舍在哪里，女神的宿舍有几个舍友，舍友的爱好和口味是什么，甚至连女神宿舍的楼管大妈是什么星座，黎千远都一清二楚。

没什么，这是一个女神追求者的基本素养，黎千远一点都不骄傲。

女神的宿舍在 C 区 11 栋 410 室，今天，410 室来了一个新舍友。

这一年，黎千远已经进入大三，追了陶菲菲两年，除了混了个脸熟，毫无进展。不过动静倒是不小——他经常开着小车接送陶菲菲。众所周知，隔壁农大的某学生在追数学系的系花陶菲菲。

柯清晨搬到 410 室，比别人晚几天，学校重新规整宿舍，她被分到了新宿舍。

她今年大四，但实际年龄比同级学生小好几岁，单看外表看不出她都快毕业了。她就是别人口中的天才少女，打小就聪明，跳着级上学，当年高考还上过新闻。

她今天穿着一条高腰毛边牛仔 A 字裙，露出笔直修长的腿，搭配简单的字母白 T，再加上一张五官无可挑剔的脸，明艳动人，青春气息扑面而来。

柯清晨拉着行李箱走到 410 室门口，第一眼看到的是一盆被扔在垃圾桶里的花，已经开败了，但还活着。

门内隐约传来两个女生的对话。

"这不是他送你的吗，这样扔了不好吧？"

"没关系，到时候就跟他说枯死了。谁送花送一盆活的，土里土气的。"

"别这么说，他不是说是他亲手种的吗？"

"呵，"女生轻笑，"你稀罕，拿去。"

"别，那黎公子多伤心，他是送你的，又不是送我。"另一个女生又说，"我真是搞不懂你，黎公子挺好的，你怎么就不接受他呢？"

"我不喜欢他，他不是我喜欢的类型，而且他那学校那专业，你知道的……"女生的口吻有些嫌弃。

"那你干脆拒绝他好了。"

"我也想啊，"女生幽幽叹了口气，很是苦恼，"我也想直接拒绝他。可是，你也知道《杨修之死》的故事吧，他啊，就是那个鸡肋，要是丑点穷点我就直接拒绝了，偏偏他长得蛮好看，出手大方，对我也挺好的，要拒绝吧，我又有点舍不得……"

呵，柯清晨听了半天，明白了，这是一个"备胎"的故事。女孩并不喜欢那个追求者，但弃了觉得可惜，答应了又觉得委屈。这花大概就是那个黎公子送的，但心上人并不喜欢，花开败了，就直接扔了。

没想到门还没进，就吃了个瓜，柯清晨失笑，就要推门进去。她不是一个热心的人，相反，她并不比屋内那个囤"备胎"的女生高尚多少，她从小就坚定地认为自己属于没心没肺那一类。

只是……

她看了一眼被扔在垃圾桶里的盆栽，这花她认得，叫黑魔术，月季的一种。月季说好养挺好养，但要养好并不容易，这么健康的绿色，明显是花了心思的。

他亲手种的……

柯清晨要推开门的手一滞，蹲了下来，捡起那盆被丢弃的黑魔术。

月季喜大水大肥，喜阳，于是她把花种在楼下花圃一个向阳的地方。拍了拍手上的泥尘，看着花，她喃喃自语："我尽力了，你啊，努力活下去吧。"

做完这些，柯清晨返回宿舍，那两个女生的话题还没换。

"菲菲，你猜，他这次会什么时候来找你？"

"不知道，不过黎千远从没超过一个礼拜不找我。"

哦，"备胎"叫黎千远，柯清晨想。

柯清晨推开门，进了宿舍，看着两个愣住的女生，展颜一笑："你们好，我是这个学期要住进来的大四生柯清晨。"

"啊，你就是那个传说中的天才少女？"刚才说话的一个女生叫了起来，听声音不是那个菲菲。

不是她，那菲菲就是另外一个人。柯清晨望向真正的菲菲，果然有几分姿色，怪不得这么高傲。她理所当然地点头："哦，没错，我就是传说中的那个天才。不过你们不用这么客气，叫我学姐好了。"

陶菲菲：……

另一名女生：……

真没见过这么不客气的！

✦ ·· ♡3 ·· ✦

没几天，柯清晨就见到了那个传说中的"备胎。"

是个白净帅气的大男孩，看起来特别阳光，一双黑亮的大眼睛，有很亲切迷人的卧蚕，天生带笑，还没冲他打招呼，他已扬起嘴角，带着一对酒窝，眉眼弯弯——是一张讨人喜欢的笑脸。

他比她想象中长得好看很多。

柯清晨暗自诧异，现在"备胎"门槛都这么高了？男女比例果然严重失衡……

"备胎"黎千远是来给陶菲菲送口红的，他说，他找了好几个代购才买到，还夸陶菲菲眼光好，这个色号最近特别火，专柜都卖断货了。

陶菲菲开心地接过，表示要微信给他转钱。黎千远摆摆手，说不用，

没多少钱，不用这么客气。一副地主家傻儿子的模样。

既然被称作黎公子，他当然不会空手上门，他还给宿舍的其他姑娘带了不少零食。

分到柯清晨这儿，他诧异地抬起头："来了新舍友？"

没等人回答，黎千远已经自来熟地介绍起来："你好，我叫黎千远，是菲菲的高中校友。"

柯清晨正在床上看书，她这人特别懒，能坐着就绝不站着，能躺着就绝不坐着，这会儿，她伸出一颗脑袋，居高临下地看着他，浅笑道："你好，我叫柯清晨。"

"初次见面，请你吃牛肉干。"黎千远热情地递上一包牛肉干。

"谢谢，不过我不吃辣。"

"那下次我给你带不辣的。"

"好啊，先谢谢了。"

柯清晨随口应了一句，就继续看自己的书了。

隐约中，她听到黎千远似乎发现花不见了，陶菲菲很是抱歉地解释，花枯死了，怪她没照顾好。

"没事，阳台本来就不好养花。"黎千远笑道，但柯清晨还是从他的语气中察觉到几分失落。

黎千远待了一会儿就回去了，他一走，宿舍的姑娘全围过去看陶菲菲的新口红，嚷嚷着"限量版果然不一样"。

这次的礼物，陶菲菲倒是很珍重，她迫不及待地试色，很喜欢的样子。也对，一盆不值钱的"黑魔术"哪比得上限量版的口红？柯清晨戴上耳机，继续看书。可是植物这东西，是有生命的，它要被精心照料，要阳光雨露，要给它施肥除害，还要给它生长的时间，最后才能开出一朵美丽脆弱都不长久的花儿……

黑魔术的花语，温柔的心，深沉高贵的灵魂。可惜啊，她们不懂。

柯清晨没把黎千远的话当一回事，没想到他下次过来，真的给她带了不辣的零食。

他给她带了一份水果拼盘，新鲜精致，还都是切好的，特别入柯清晨的眼，因为她懒，懒到连水果都不爱洗。

那天，黎千远来早了，宿舍的姑娘们上课还没回来。柯清晨看在水果拼盘的分上和他多说了几句，她觉得这个"备胎"很有心，人不坏，值得一交。

宿舍是四人间，上铺是床位，下铺是书桌、衣柜，设计得很合理。这次，柯清晨坐在书桌旁，看着面前的黎千远，他很规矩，看得出教养很好，陶菲菲人没来，他也不会动她的东西，只是拉着一把椅子，自在地坐着。

看不出来，他长着一张多情的脸，其实是个"傻白甜。"

柯清晨趴在椅背上，忍不住问："哎，你对人都这么好的吗？"

"也不是，当我傻啊。"黎千远特别郑重其事，"其实我对你是有所图的。"

"哟？"柯清晨眯起眼来，"图什么？"

"你和我家菲菲是舍友，抬头不见低头见的，我想你在菲菲面前多夸夸我，说几句好话。"

连手都没牵过，还我家菲菲，脸皮真厚。柯清晨心里狂吐槽，脸上却笑笑："好啊，举手之劳。"

黎千远果然开心起来，他一笑，那卧蚕就生动起来，眼睛宛若弯弯的月牙，倒很可爱。

这么一个人，当"备胎"可惜了。柯清晨难得动了恻隐之心，委婉道："黎千远，难道你没发现，你家菲菲并不是很喜欢你啊？"

"我知道。"黎千远点头，一脸理所当然，"所以，我这不追着嘛。"

他倒挺看得开，柯清晨自讨没趣，懒洋洋道："那祝你早日成功。"

黎千远又笑，诚心诚意："谢谢，我会努力的。"

这该不会是个傻子吧？柯清晨转身去看书。

她看的是专业书，全英文版。黎千远看了一眼，惊为天人，忍不住多问了几句，得知柯清晨虽然已经大四，大他一届却小他三岁，读的是航空航天大学最知名的飞行器设计与工程专业。这个专业可不一般，分数出了名的高，对学生的数学、物理知识要求非常高，精湛的外语、计算机知识也是这个专业的学生必备的。这些"学霸"们将来是要研究设计宇宙飞船和空间站的，可以说，是妥妥的未来科学家。

"飞行器设计，是不是研究空间站的？将来宇宙飞船发射，你是不是那种坐在发射中心会被镜头扫到的工作人员？"

"差不多吧，不过，我觉得我是接受采访的那种。"

"女孩子很少报这个专业吧？"

"是比较少，但我的梦想就是把自己送上天。"

多么伟大的梦想！黎千远已经震惊得说不出话来了。身为一代"学渣"，别说看全英文版的书了，他连四级都是低分掠过的，六级更是从没考过。此时，他差点就要给柯清晨跪下了——他们学校的学霸柯以寒算什么，柯清晨才是真正的学神，天才！

黎千远不由得肃然起敬，他端正态度，仔细看着面前的女孩。这可是天才，活生生的天才！

不一会儿，他蓦地笑了："你看起来不像。"

"不像什么？"

"不像个科学家。"

"怎么说？"柯清晨又趴回椅背了。

"你……"黎千远顿了下，有点不好意思地回答，"你长得有点太好看了。"

"怎么了？就不准我们科研工作者长得漂亮？"连柯清晨自己都没发

现，她的语气带着不自觉的笑意，像极了撒娇，"你这是偏见！"

黎千远认输："是是是，是我没眼界。"

柯清晨笑了，她倒是常笑，但那笑容都浅浅淡淡的，交作业般应付式的，这次倒笑到眼里去，眉眼弯弯，显出这个年纪的美好来。

黎千远看得一愣，下意识地移开视线。

原来他也有脸皮薄的时候，柯清晨注意到了，起了坏心思，圆溜溜的眼睛骨碌转，一脸纯真地问："哎，黎千远，我问你，我真的长得好看？"

"好看。"

"那是我好看，还是你家菲菲好看？"

黎千远不吭声了，这么明显的坑，他才不跳。

柯清晨又笑了，继续逗他："黎千远，既然你也觉得我好看，那要不要来追我？我呢，绝对比你家菲菲好追。"

起码，我不会把你亲手种的花扔垃圾桶里。柯清晨在心里加了一句。

黎千远还是不吭声，但脸以肉眼可见的速度红了，还越来越红。

他不但是个"傻白甜，"还是个纯情男子。柯清晨感觉自己像是挖到了宝藏，又加了一把火："真的，我很好追的。"

黎千远抬头，看到女孩笑吟吟的，一脸促狭，他明白她这是在开玩笑，于是一本正经地拒绝："不行。"

"哦？"柯清晨拉长语调，"为什么呀？"

"因为我要为我家菲菲守身如玉。"

柯清晨：……

"你，"黎千远又特别郑重其事地说，"就不要觊觎我了！"

柯清晨：……

"我是个冰清玉洁，追求真爱的人！"

柯清晨：……

他的神情十分正经严肃，柯清晨几乎要信了，她揶揄道："哎，真感人，

017

要不要我去给你建一个贞节牌坊啊？"

"这就不用了，劳师动众，毕竟，"黎千远一脸深沉，"清白在人间！"

柯清晨：……

两人看着彼此，一个神色肃穆，一个瞠目结舌，片刻之后，他们都忍不住哈哈大笑了起来。

柯清晨笑得眼泪都出来了，这是怎样一个活宝啊！她有点儿替陶菲菲惋惜，这么冰清玉洁的活宝，她竟嫌他学历低。

柯清晨觉得黎千远蛮有意思的。她来了兴致，难得有了雷锋精神："这样吧，你不追我，那换我帮你追陶菲菲，我做你的卧底，向你报备陶菲菲的动态，你再伺机而动。"

"你真的肯帮我，为什么？"

柯清晨看着吃到一半的水果，心想，当然是因为吃人嘴软，拿人手短了。但她嘴上却说："我被你追求真爱的精神感动了。"

黎千远露出"知己"的神情，眼睛甚至泛起感动的水光，二话不说掏出手机："来，加微信！"

两人加了微信好友，柯清晨给他备注"傻蛋"——他在她心中就是妥妥的一个地主家的傻儿子。

黎千远给她备注"军师"——柯清晨这么聪明，卧底配不上她，必须是军师啊。

加完好友，黎千远一脸感激，拍拍胸膛："大神，大恩不言谢，将来我和我家菲菲结婚了，我一定让孩子认你做干妈。"

呵，连手都没拉过，就开始认干妈了！柯清晨忍不住在心里吐槽，笑着摆手："不用不用，毕竟，拯救单身狗，人人有责，我义不容辞。"

黎千远肃然起敬，这才是学神，大爱无疆，柯以寒算什么。

他立马狗腿地问："那你想吃什么，下次我给你带！"

其实，柯清晨哪儿会真的给黎千远当卧底，这不过是一时心血来潮。

她呢，本性薄凉，既没兴趣替天行道，更不可能帮黎千远追女神，她那天纯粹就是闲的，张口就来。

和黎千远加了好友之后，她也就偶尔发一两句，菲菲今天打了两份蒸蛋，她在看哪个综艺节目之类的，压根就没上心。倒是黎千远对她很感激，左一句"大侠"右一句"英雄"，柯清晨随便发个表情就应付过去了，渐渐地，她学业也忙起来，很快就把这事抛到脑后了。

黎千远耐心地等了几天，心急如焚，忍不住发信息：

大神，大神，我家菲菲在做啥呢？

大神，大神，你最近是不是特别忙啊？

……

柯清晨睡得昏天暗地，被一声又一声的信息铃声吵得头疼。

最近她在做一个项目，连续熬了几个通宵，结果弄得自己感冒又发烧，这会儿好不容易能睡上一觉，就被吵醒了，看到黎千远那做派，她连生气的力气都没有，也没耐心打字，直接发了条语音过去："感冒了，等好了再帮你。"然后直接关机，把手机扔到一边继续睡。

柯清晨是被摇醒的，她看到一张紧张不安的脸。黎千远殷切地看着她："大神，起来吃药了，你发烧了。"他手里捧着药，还有一杯温水。

柯清晨一摸额头，温度又升了。她迷迷糊糊吃了药，喝了水，哑着嗓子问："你怎么来了？"

"我听到你咳嗽了，来给你送点感冒药。"说着，黎千远责怪地看了她一眼，"没想到你连发烧了都不知道，你也太不小心了。"

今天是周末，宿舍的姑娘都出去逛街了，宿舍除了柯清晨没其他人。这话柯清晨平时听了会觉得烦人，是在多管闲事，可生病中的人大概比较脆弱，她竟然蛮受用的。呃，这大概是被人关心的感觉吧。

柯清晨费力地坐起来，靠在墙上。她的嗓子疼得厉害，不想说话，也没力气，就看着黎千远在下面忙碌。只见他掀开打包盒，又烧了一壶水，灌进保温瓶里。

"要洗脸吗？"黎千远抬头问。

柯清晨点了点头，黎千远用纸巾浸了热水拧干递给她："不知道你用的是哪条毛巾。"

水很烫，他的手指都被烫得有点红了，他的手很好看，十指修长，青葱如玉，一看就是养尊处优没做过家务的手，动作也笨手笨脚的，看得出来并不是那么会照顾人。

果然是黎公子啊。柯清晨有点想笑，又问了一次："你对谁都这么好吗？"

"那可没有，你是我军师嘛，我还指望着你的情报呢。"

情报？那种"菲菲今天打了两份蒸蛋"的情报对他真的有用？

柯清晨笑了笑，说："我的毛巾是粉色的。"

黎千远去拿了，又饶有兴致地问："我家菲菲的呢？"

柯清晨起了坏心眼，告诉他："绿色的。"

黎千远找了半天，愤愤不平："胡说，根本没有绿色的！"

柯清晨只是笑。

别人使坏，是讨人厌，惹人烦，她使坏，却让人觉得可爱中带着一点俏皮。

黎千远把毛巾递给她，扒着栏杆问："吃了吗？下来喝点粥。"

"没吃，没力气。"柯清晨楚楚可怜地看着他，眼里水汽氤氲，满脸的欲言又止。

"你又想怎样？我是不会背你下来的！也不会喂你的！"黎千远炸毛

了，"我要为我家菲菲守身如玉。"

柯清晨：……

她幽幽开口："我只是想，你能帮我把粥递上来。"

黎千远：……

黎千远大窘，把粥递给她。

410室出奇地安静，只有柯清晨喝粥的声音，还有她不时的咳嗽声。

黎千远起初还只是坐着，后面又站起来，扒着栏杆瞪大眼睛看她喝粥。

"你看什么？"

"看你会不会把肺咳出来。"

柯清晨：……

黎千远又问："怎么弄成这样？"

"在实验室熬了几个通宵。"

黎千远又肃然起敬："科学家果然不是人做的！"

柯清晨："……我还不是科学家。"

"未来你就是了。"黎千远毫不怀疑，继续问，"当科学家这么辛苦，你为什么要当科学家？"

"因为我姓柯，所以要当科学家。"柯清晨说了个冷笑话。

黎千远：……

太冷了，一点都不好笑！他恍然大悟道："我终于知道为什么我只能考上普通本科了！"

"为什么？"

"因为我姓黎，是黎民百姓。"

柯清晨：……

也很不好笑好不好！

但两人都笑了，还笑得很开心，像两个孩子。

一碗粥喝完了，柯清晨的肺还在，没有咳出来。她喝了粥，脸色好了点。

黎千远松了一口气，看她实在状态不佳，说："你继续睡吧。"

柯清晨点头："你呢？"

黎千远看了一眼陶菲菲的床位："我等我家菲菲回来。"

柯清晨笑，点点头，没再说什么。她躺好，忍不住看了一眼，黎千远正拿着手机玩游戏，声音调成了静音模式。他可真有耐心，柯清晨想。她看着头上的天花板，问："千远，你知道，兰尼斯特家族的族语是什么吗？"

兰尼斯特家族是《权力的游戏》里的一个家族。

"听我怒吼？"

"另一个。"

"有债必偿？"

"嗯。"柯清晨应了一声，"我也一样，有债必偿，有恩必报。"

她又说了一句："今天多谢你了，我会报答你的。"

"你是我的军师啊，应该的！"黎千远笑道，柯清晨却没再回他。

他站起来，发现柯清晨已经睡过去了。这么快，果然病得很严重！黎千远美滋滋地想：我这也算雪中送炭了，军师感动了，会更努力地帮我追菲菲吧？

他看着沉睡中的柯清晨，心想，好看的人就是睡着了也好看，怪不得王子肯吻白雪公主呢。他不由得望向柯清晨略显苍白的唇，脑子闪过一个念头，有恩必报？她……不会想以身相许吧？

这可不行！黎千远立马烦恼起来，他可是要为菲菲守身如玉的人！

这念头要是让柯清晨知道，她大概会气得马上醒来，直接一脚把黎千远踹飞。可她睡着了，睡得安稳。黎千远不由自主地看着，连游戏挂机了被举报都没在意。

黎千远什么时候走的，柯清晨不知道。她再次醒来，宿舍的姑娘们已经回来，指着一碗粥说："你点的外卖到了，我们帮你拿了。"

柯清晨道了谢，看了陶菲菲一眼，她神色如常，也不知道黎千远有没有见到她。

柯清晨没多想，下床去吃粥，吃到一半时收到了黎千远的信息：**醒了吗？记得吃药，这几天就多喝粥吧。**

粥果然是他叫的，柯清晨不由得扬起嘴角，正想回他，他又发了条信息过来：**快点好起来，等你的情报！**

呵呵，柯清晨感谢的话全没了，手指飞快地打字。

清晨：**粥太难吃了，我要吃麻辣小龙虾。**

傻蛋：**你不是不吃辣吗？**

清晨：**人生贵在尝试。**

傻蛋：**那等你好了再吃，现在吃辣，你的肺真要咳出来了。**

傻蛋：**要听话，服从组织的安排，你是科学家，要为全人类保重身体，别任性。**

柯清晨没回了，她的视线放在"要听话"这几个字上，脑子有一瞬间的宕机——从来没有人这样跟她说过话……

还，还怪让人不好意思的……

糟糕，这是要做坏事的感觉！

柯清晨，把手机关上，继续慢吞吞地喝粥。

她要快点好起来，生病的人果然脆弱，太容易被感动了。

❀·· ♡ ··❀

过两天，柯清晨好了些，开始琢磨着报恩的事了，有恩不报不是她的风格。

这天，黎千远又跑到陶菲菲面前刷存在感了，陶菲菲还是老样子，维持着老乡的亲昵和客气，不会热络也不会失礼。

柯清晨暗中观察了半天，走了出去，给黎千远发信息：**出来。**

黎千远很快就出来了，看到柯清晨一脸肃穆，不由得紧张起来："怎么了？"

"我在想，我要不要替天行道。"柯清晨手插裤兜，看着窗外，很是深沉。

她太正经了，黎千远不由得也肃穆起来。他想，大神是未来科学家，替天行道，那肯定是关系到国计民生、影响人类发展的事啊。他不由得悲壮道："那您三思。"

柯清晨忍不住笑了，但笑声很快变成惊天动力的咳嗽，悲壮的气氛也消失殆尽。

黎千远很是担忧地看着她："你都这样了，还想替天行道？"

柯清晨：……

她斩钉截铁："是！"

黎千远肃然起敬！

柯清晨带黎千远下楼，边走边问。

"你是不是送过菲菲一盆盆栽，黑魔术？"

"是啊，哇，你竟认得？"

"懂一点。"

"黑魔术漂亮吧？"

"颜色很特别。听说是你亲手种的？"

"嗯，种了好几个月，终于等到开花，不过菲菲说枯死了。"

黎千远的口气有些惋惜，两人正好走到花圃，柯清晨指着已经在花圃活下来的黑魔术："呃，在这儿。"

"我在垃圾桶捡到的。"柯清晨又加了一句。

黎千远愣住了，呆呆地看着花圃的植物。他不傻，知道这是什么意思，他精心种下的植物，终于养出一盆含苞待放的花儿，送到她手里，可并不被珍惜。

"珍惜"这两个字是很珍贵的。柯清晨看着明显变得失落的男孩，心里没来由地有点堵得慌。她抬头望天，自己果然不适合替天行道，最近有点多管闲事了。

她又开始咳了，黎千远的忧愁被打断了，看着她："你上去吧，风大。"

"那我走了。"

柯清晨抬腿要走，又听到他说："谢谢你把它从垃圾桶里捡回来。"

不用谢，它本不该出现在垃圾桶里。柯清晨在心里回答，然后她就直接走了，没有安慰，也没有陪伴，可以说十分的不负责任。

我果然很坏，柯清晨对自己有深刻的认识，只是走进宿舍楼前，她忍不住回头看了黎千远一眼——他蹲着身，傻傻地看着花，难得安静，背影看起来有点委屈。

真没用，柯清晨想，可他看上去真的很伤心……

自己好像不是报恩，倒像来添堵的。柯清晨决定，再也不替天行道了，没意思。

不过第二天，柯清晨就把这愧疚扔进垃圾桶了，因为黎千远又来送温暖了。他给宿舍的姑娘带了现炖的燕窝。柯清晨回到宿舍，看到黎千远正殷勤地同陶菲菲说话，姑娘们正美滋滋地喝燕窝，还热情地招呼她："学姐快来喝燕窝，黎公子带来的，见者有份。"

柯清晨见到黎千远那殷勤样，没来由的一阵气，没出息！昨天那么伤心，今天就来报到！

她笑笑拒绝了："不用了，你们喝吧。"

她又慢悠悠地说："你们没听过，燕窝的营养价值还不如一颗鸡蛋吗？"

话一出口，整个宿舍安静了。姑娘们，包括陶菲菲，脸色都不大好看，不由得望向黎千远，看他如何反应。柯清晨毫不在乎，怡然自得地拿起一本书来看。

不过宿舍很快又热闹起来，柯清晨刚翻了一页，感到有人过来，动了动放在她桌上的燕窝，移到她手边。

黎千远站在她身边，结结巴巴地说："我，我听说这个治咳嗽，对肺好。"

他高大的身躯在书上投下一片阴影。柯清晨抬头，面前的男孩神色没见恼意，眼里有浅浅的关心。她心动了一下，突然觉得有些不好意思，内心五味杂陈，有愧疚、不安，还有点感动。

"喝吧，反正都买了。"他又说。

"我等会儿喝。"柯清晨装作不在意道。

"那你记得。"他有点高兴的样子。

没一会儿，黎千远走了，宿舍的姑娘也去做各自的事去了。

柯清晨把书放下，看着那杯无辜的燕窝，半晌，还是把盖子掀开，慢吞吞地喝起来。这名贵的食补，其实味道并不怎么好，清汤寡水的，不过柯清晨一向吃得清淡，竟喝出一丝甜味来。

想不到有一天，我会被自己打脸，柯清晨很是惆怅。

黎千远偏偏又送上门来，他在微信问：咳嗽好些了吗？

他是给我送燕窝，还是给他家菲菲送燕窝呢？

两人都识趣地没提"替天行道"的事，柯清晨起了坏心思，她五指飞快：哪能这么快，只喝一两顿是没有用的。

接下来，黎千远给 410 寝室送了一个星期的现炖燕窝。

还真是人傻钱多，柯清晨每天看着准时出现在桌上的燕窝，不知道自己是应该开心还是苦恼。

她给黎千远发微信：我好了。

黎千远很快就回了。

傻蛋：肺还在吗？

清晨：谢谢你了，保住了我的肺。

这几天他们鲜少联系，柯清晨没再给黎千远发陶菲菲的动态，黎千远也没来问，两人就这样聊了几句，这还是花圃分开之后，他们第一次聊天。

半晌，黎千远又问：那个，大神，你还给我当军师吗？

柯清晨回答：不了。

对话框显示对方正在输入中。半晌，黎千远终于给了回复：痛失一名得力爱将，很是心痛。不过没关系，反正我们已经是朋友了。

要点脸吧，谁是你的爱将？柯清晨失笑，看着屏幕上的"朋友"二字，心情复杂。

她一直以为自己是那种没有朋友也不需要朋友的人，但现在她觉得，朋友也是很值得珍重的，起码黎千远是值得珍重的。

她难得八卦地问了一句：你还追陶菲菲吗？

黎千远很快就回了：不知道，不过反正闲着也是闲着，要不，还是先追着？

柯清晨：……

这人其实是个"潜在渣男"吧？什么叫先追着？她算是明白陶菲菲为什么不答应他了，说不定她早就慧眼识珠，看出黎千远不值得托付。

呵呵，柯清晨在心里冷笑，给他回答：你可真随便。

她不想理他了，给他改了备注，从"傻蛋"变更为"蠢货"，把手机扔到一边，莫名觉得有些郁闷。

过一会儿，她又笑了，觉得自己太傻——不只是黎千远，大多数男人的感情其实都很随便。没必要生气，她不是早就清楚明白了吗？柯清晨把注意力放到书上。

黎千远给柯清晨发了几个表情包之后，见她没回，也没再说话了。他也给柯清晨改了备注，从"军师"改回客套礼貌的"柯清晨"，连名带姓的，不是很熟的朋友的标准备注。他想了想，又改成"清晨"，亲昵了点儿。

清晨，想到清晨，是芳草的清香，花苞上的露珠，暖色明亮的天空。

这名字挺好听的。

• • • 6 • • •

黎千远果然还"追着"陶菲菲。

不过这次，他明显有些漫不经心，连宿舍的姑娘都嚷嚷着："黎公子好几天没来了吧？"

十五天，不，十六天了，柯清晨忍不住看了陶菲菲一眼，她倒是神色如常。相处了一阵子，柯清晨看得出，这姑娘心气有点高，她走的是冰山雪莲高岭之花的路线。

陶菲菲淡淡地说了句："千远最近有点忙，他在微信上和我说了。"

"好几天没见黎公子，还怪想他的。"叶晓枫笑嘻嘻道，这是那天和陶菲菲说话的女生，她们是闺蜜。

"是想黎公子的零食了吧？"另一个女孩王满满揭穿她。

"你就不想？"

"想想想，黎公子快来吧。"

柯清晨一边看书一边听她们闲聊，她很少参与宿舍的群聊。

她到底是新搬进来的，不如她们一起生活了两年有感情基础，而且她和陶菲菲有些不对付，姑娘们对她自然不会热络到哪里去。女生间的暗涌潮流，是十分微妙的。

想不到有一天，自己也会卷入这庸俗的攀比中。柯清晨对自己很失望。

她拿起手机，看了一眼，那天之后她和黎千远没再说过话，她看着屏幕上的日期，愣了一会儿。

真是个糟糕的日子啊，柯清晨想，她想做坏事了。

柯清晨给黎千远发微信：你家菲菲今天想吃蛋糕。

半个小时后，黎千远提着蛋糕上门了。

他在门口探头探脑："咦，我家菲菲呢？"

柯清晨从书本抬起头，似笑非笑，答非所问："你们学校离我们可真近啊。"

"可不是，就在你们隔壁，兄弟学校。"黎千远提着蛋糕进来，整个宿舍就柯清晨一个人，其他女生都去上课了。今天下午有课他是知道的，他有她们的课程表。他又问了一次："菲菲呢？"

"上课去了。"柯清晨用手托着腮，眼睛猫儿般地看着他，"不是你家菲菲想吃蛋糕，是我想吃。"

"哦。"黎千远把蛋糕放在柯清晨的桌上，"你怎么骗人呢？"

"生气了？"

"嗯，生气了。"黎千远应道，可看不出生气的样子，他打开袋子，"看看有没有喜欢的。"

柯清晨：……

这人要么是对陶菲菲不上心了，要么就是个面团，揉捏好欺。柯清晨看着面前白净帅气的男孩，真想捏一捏他的脸，说不定真是面团做的，是个包子精。其实她就是心血来潮，想逗一逗他，倒不是有多渴望吃蛋糕。柯清晨随便挑了个抹茶慕斯，吃了几口，故意问："你家菲菲都不在，你怎么还不走？"

"我还在生气，不想走。"黎千远一脸笑呵呵，生动演绎着生气。

"见到你家菲菲才能消气？"

"对，是这么一个理。"

柯清晨笑，低头慢慢吃蛋糕，很认真的表情。

黎千远问："蛋糕好吃吗？"

"还行。"柯清晨回答，看着面前眼里含笑的男孩，"还气吗？"

"气呢，好气啊，还得保持微笑。"

柯清晨：……

她冷不防地扔下一句："今天我生日。"

"什么？"

"今天我生日，吃你一块蛋糕，不生气了吧？"柯清晨笑吟吟地问。

黎千远一愣，反应过来站了起来："走吧。"

"什么？"

"给你过生日啊，过生日一块蛋糕哪儿够啊？走，我请你吃饭。"

这次轮到柯清晨愣了，半晌她笑了，心里有点暖，这人真是……好得很。她心里有点开心，嘴上却不饶人："不是要等你家菲菲？"

"你过生日呢，过生日的人最大。"

柯清晨笑了，她终于在这糟糕的日子感受到一点点开心了。

黎千远请柯清晨吃的是"街头小吃一哥"——小龙虾，还是五香味的，微辣。

柯清晨还是第一次吃小龙虾，饶有兴致地戴着手套剥了几只，很快就失去了兴趣。她等着黎千远剥虾，还边吃边说："业务很熟练嘛，没少给你家菲菲剥虾吧？"

"我家菲菲神仙般的人儿怎么会喜欢这等俗物？"黎千远笑嘻嘻地反驳，"不过我这技能点确实是满分，我有个发小，特别喜欢吃这些，老逼着我给她做苦力。"

"女生吧？"

"嗯，从小玩到大的。"

啧，还是个"中央空调"呢，红颜知己还不少。

柯清晨不客气地蘸料："谢谢你发小了。不过你该感到荣幸，我是第一次跟别人一起吃小龙虾。人生第一次，献给你了。"

黎千远：……

第一次什么的，听起来很暧昧，引得旁桌的人不断侧目。

"不用感动，滋味不错。"柯清晨又加了一句。

他们眼睛都亮了，黎千远大窘："你能不能好好说话？"

"不能。"柯清晨狡黠地冲他笑。

黎千远无语，他算是看出来了，眼前这女生真是坏得很，一点儿都没有拿人手短、吃人嘴软的自觉，但又让人生不起来气。

两人开开心心地吃着饭，柯清晨的手机就放在手边，期间铃声就没断过，先是电话铃声，后面就是没完没了的微信铃声。

黎千远听不下去了，忍不住问："谁啊？打个不停？"

"我妈。"

"接吧，肯定是要祝你生日快乐。"

"不是，她现在哪有心思记得我生日，我家没人记得我生日，而且我也不过生日，"柯清晨摇头，她有些嘲讽地笑了笑，"这不是什么好日子，这是我和我妈的受难日。"

受难日？黎千远剥虾的动作一滞，看着面前的女孩。她倒是淡淡的，神情看不出什么波澜，好像真的都不在乎。他停下手中的动作，说："你别这么说。"

"嗯？"

黎千远难得认真地说："女人生孩子是很痛苦的，对阿姨来说，确实是受难日。但是对于你，你的出生是让我遇见了你，这是一件令人开心的事情。所以，你的生日是个好日子，是值得庆祝的好日子。而且，你将来是要当科学家的，是会对人类有很大贡献、影响人类简史的人，活着才不是受难呢。"

这次轮到柯清晨愣住了，她看着面前一脸诚挚的男孩，那么认真，连那迷人的卧蚕都在演绎着认真，他是真心实意的。柯清晨笑了，低垂着眉眼莞尔道："小龙虾果然很好吃啊。"

"你真的没吃过小龙虾？"

"嗯，"柯清晨点头，"我妈是歌手，很爱护嗓子，我家吃得清淡。"

"那朋友同学聚餐总有吧？"

"我从不参加，"柯清晨煞有介事道，"我是个孤僻的人，不合群。"

黎千远又一次感叹："科学家果然不是常人能做的。"

他望着柯清晨，眼神充满心疼："这条路，你走得很孤独吧？"

柯清晨：……

"没事，"黎千远又拍拍胸膛，"这不还有我吗？以后你想走下神坛，我就带你玩。"

柯清晨：……

她成功被逗乐了，仿佛刚才那丧气十足的人不是她。她很认真地表示，大神求带。

黎千远也笑了，他还是比较喜欢看她笑。他又问："你妈是歌手，那你唱歌好听吗？"

"好听。"柯清晨从来不懂自谦为何物，"我去参加校园歌手比赛，拿的都是冠军。"

黎千远眼睛亮了，满脸的期待。

"你想听啊？"柯清晨靠近他，眼睛眨了眨。

黎千远重重点头，柯清晨往后一退，慢悠悠地道："想得美呢，我只唱给我在乎的人听。"

黎千远：……

这顿饭，两人都吃得很开心。黎千远送柯清晨回宿舍，快到时，他表示过生日应该收礼物，由于没准备，就给她发一个红包好了。

"不用啦，我又不缺这个。"柯清晨摆手。

"那你缺什么，我买给你。"

地主家的傻儿子做派又来了，柯清晨笑了，起了坏心思，她说："我缺爱，这样吧，你就抱我一下当作礼物吧。"

黎千远露出犹豫的神情："这题有点超纲了，你知道，我要为我家菲菲守身如玉的。"

"朋友间抱一下又有什么关系？你看，我这么可怜，过生日没一个人记得，我爸妈又在闹离婚，"柯清晨可怜巴巴地看着黎千远，"而且，你家菲菲这么通情达理，肯定能理解的。"

"你爸妈在闹离婚？"

"嗯，不然你以为我妈打电话给我做什么，想让我劝和呗。"柯清晨凉凉道，提起父母，她也不装可怜了。

那确实蛮惨的，黎千远想。他张开双臂，笑道："那来吧，哥给你一个关怀的拥抱。"

说着，他非常绅士地给了柯清晨一个朋友式的拥抱，轻轻的，马上就分开了。放开时，他说："生日快乐啊，清晨。"

很快，柯清晨感受到了大男孩身上温暖和煦的阳光的气息，她笑了笑，说："现在我相信，你对你家菲菲心若磐石了。"

"可不是！"黎千远自豪地挺起胸膛，他，一点都不骄傲！

• • • • • •

两个人有说有笑地往前走，然后看到前面 410 寝室的姑娘目瞪口呆地看着他们，陶菲菲脸色铁青。

哦，被看到了。柯清晨想，嘴角勾了起来，主动打招呼："你们是要去图书馆吗？"

没人回答她，一向走冰美人路线的陶菲菲这次终于走下凡尘，有了点儿人间的烟火气。她怒气冲冲地瞪着两人，主要是瞪着柯清晨。

一看这架势，黎千远有点头大，低声说："你先上去，我会跟菲菲解释的。"

"有什么好解释的？单身男女单纯友好充满关怀地抱一下，合情合理合法，你家菲菲这么通情达理，肯定会理解的啦。"柯清晨还唯恐天下不乱，凉凉地来了这么一句。

黎千远头更大了，一脸无奈："你这脾气……"

他看起来实在太可怜了，算了，柯清晨说："好吧，我先上去。"

她怡然自得地上楼，又忍不住回头看了一眼，看到黎千远在和陶菲菲说什么。

笨蛋，她又不珍惜你。柯清晨嗤之以鼻，觉得自己很看不上黎千远。

不一会儿，姑娘们也回宿舍了，陶菲菲的脸色依旧很差，她冲到柯清晨面前，冷冰冰地质问："你什么意思？"

"哦？"柯清晨坐在椅子上，一脸"我不知道你在说什么"的神情。

陶菲菲忍无可忍，质问的话机关枪般往外扫射，一波又一波："要点脸吧？全世界的人都知道黎千远喜欢我，你现在做什么？明目张胆地当小三，跟我抢人？"

柯清晨一直神色淡淡地听着她骂，也不知道陶菲菲哪句话触动了她的逆鳞，她脸色一变，怒极反笑，问："你说我当小三，抢你男人？"

"难道不是吗？"陶菲菲昂着高傲的脸，"这里谁不知道黎千远在追我，还追了好几年！"

"哦，原来你也记得他只是在追你，那就是你也承认，他还是单身？"

"你——"陶菲菲气得脸都白了，"那又怎样，他在追我！"

"是啊，那又怎样，他在追你，自然也可以追别人，或者被别人追。"

柯清晨凉凉道，"单身男女，竞争上岗，恋爱自由，怎么了？"

"你——脸皮真厚！"

陶菲菲被气晕了，反反复复地就那几句"脸皮厚""死小三"。

柯清晨嗤之以鼻，说得跟她不喜欢人家，吊着人家当提款机就很长脸似的。她是懒得跟陶菲菲白费口舌，不然凭她的本事，她分分钟让对方哑口无言。没什么，从小到大，她见识了太多，想不会都难。

算了，柯清晨不再理会陶菲菲，想找本书看。手机响了，她拿过来，是黎千远发过来的微信。

他说，他跟菲菲解释了，他们没什么，但菲菲很生气，什么都听不进去，还要他把柯清晨拉黑，手机号删掉，不然别想她原谅他。

"不过我拒绝了。"黎千远又回复。

柯清晨回复的动作一滞，把打好的字删掉，发了三个不带情绪的三个字：为什么？

为什么？为什么拒绝女神的要求，他不是战战兢兢地追了她好几年，不是该对她唯命是从吗？

"因为我们是朋友啊。虽然我喜欢她，但也不能因为她做伤害朋友的事。"黎千远又回道，"清晨，我觉得，我们已经是很好的朋友。"

真傻，谁把你当朋友？不过看你人傻颜好钱多，有空逗一逗，柯清晨在心里想。可她的嘴角却不由自主地扬起，她可以想象屏幕那头的黎千远，拿着手机，傻乎乎烦恼为难的样子，不想得罪女神，又不想伤了朋友。

傻瓜，鱼与熊掌不可兼得，女神与朋友不可兼顾，你呢，犯了追求的大忌，碰高压线啦！但自己怎么这么开心呢？笑意从她的唇角溢开，慢慢地，一点点地染上眉眼，又暖到心里去。

柯清晨拿着手机，慢吞吞地给黎千远回微信：我们都一起吃过小龙虾，当然是朋友了。

黎千远还没回复，柯清晨也不急，看着刚才他给她发的消息，心里有点儿甜，又有点儿暖，一种不好的感觉冒出来了。

糟糕，她好像真的开始觊觎他了……

我家菲菲没找你麻烦吧？过生日，不要动怒，随她去。黎千远又说。

柯清晨下意识地看了一眼仍在指桑骂槐的陶菲菲，王满满和叶晓枫围着她小声劝着，说着让她不要生气之类的话。

她找不到我的麻烦，柯清晨想，不过……她想找她麻烦了。柯清晨直接把号码拨了出去，当着陶菲菲的面，一字一顿："黎千远。"

"啊？"电话那头的黎千远有些蒙。

宿舍的姑娘们都看了过来，陶菲菲也望了过来。柯清晨继续说："我是柯清晨，现在，你给我听好，我要追你。"

"什么？"

"我要追你，从这一秒开始，我要追你了。"柯清晨又说了一遍，她的神情看起来漫不经心，语气也是懒洋洋的，"你知道，我很忙的，我将来要当科学家，所以，你要快点喜欢上我。"

黎千远已经完全蒙了，本能地冒出那句："这，这不大好吧，你知道我喜欢的人是菲菲。"

"我知道，"柯清晨笑笑，"所以我才想把你抢过来。"

黎千远：……

一屋子的女生也目瞪口呆。

说完，没等黎千远回话，柯清晨直接把通话挂断。

她看着已经震惊得说不出话来的陶菲菲，挑眉一笑："看到没？这才是抢。"

陶菲菲已经气得浑身都在发抖，哪有平时的矜持高傲样。

柯清晨继续挑衅："本来啊，我对黎千远一点兴趣也没有，不过你既然说我抢你的人，我当然得抢一抢。"

　　"柯清晨！你——"陶菲菲气得眼睛都红了，神情委屈极了，她现在这模样倒真担得起"仙女落泪"四个字，黎千远要是看到，估计心都要碎了。

　　柯清晨却一点都不同情，她依旧是那讨人嫌的语气："你呢，也不用觉得委屈。毕竟，你又不喜欢他，你现在只是觉得没面子罢了。黎千远喜欢你的真心，哪有你的面子重要？"

　　这本是挑衅的话，只是话说出口竟无人反驳，连一直帮陶菲菲说话的叶晓枫和王满满都沉默不语，甚至还有种莫名解气的感觉。

「我可以追你吗?」

「你确定吗?我很难追的。」

Your Smile Makes Me Feel Good.

想着你 ——看着你笑,我的世界就能诗意和美好。

谈恋爱了

男朋友特别好的那种

I'm in love

My Boyfriend
Is Particularly Good

谈恋爱了，
男朋友特别好
的那种

My Boyfriend
Is Particularly Good

第二章

01

　　黎千远被柯清晨的电话吓了一跳，好好地突然放话要追求他？

　　他承认他确实秀色可餐，人见人爱，花见花开，可这也太突然了吧？而他并不反感，甚至还有淡淡的期待。

　　不行，我是个心若磐石的人，黎千远赶紧摇头，去轰炸柯清晨的微信。

　　黎二傻：大神，你开玩笑的是吧？

　　黎二傻：你不能一生气，就乱放狠话啊！

　　黎二傻：你怎么不回话呢？我等着你呢。

　　黎二傻：你这么说，别人会当真的，能不能有点科学家的严肃认真？

　　黎二傻：还不回我？给你三秒钟，快诈个尸！

　　黎二傻：好吧，再给你三秒钟，解释一下你乱撩人的行为！

　　黎二傻：我生气了，我告诉你，你这样子是追不到我的！

　　……

　　一堆废话。柯清晨笑了，她一句话都没回。

　　对了，她把黎千远的备注从"蠢货"改成"黎二傻"了。

　　黎千远还心心念念地等着柯清晨的回复，连陶菲菲难得的主动示好都没怎么在意，回得漫不经心。他压根忘了这是"我家菲菲"，刚刚和他闹了别扭，又在宿舍和柯清晨起了冲突，一颗玻璃心急需他的安慰。

　　他忘了，通通忘了。他专心致志地盯着手机屏幕，看着上面的对话框，觉得他晚上大概要失眠了。毕竟柯清晨不是别人，在他眼里，她是将来要影响人类简史的科学家，这样的人现在都抵挡不了他的魅力，他要怎么礼貌而又不伤人地拒绝她呢？

　　黎千远脑补了一百八十出拒绝柯清晨追求他的戏，每一出都很感人，柯清晨歇斯底里，声泪俱下，他声情并茂，以理服人……

　　黎千远快被自己感动哭了，迫不及待地等着柯清晨上门追求，他会好好地拒绝她的！

　　但是第二天醒来，柯清晨别说回他一句话，连个表情包都没有回。

　　呵呵，欲擒故纵，黎千远一眼看透柯清晨的心机。他，是不会上钩的。

　　一天过去了，放话要追他的柯清晨今天还是没有任何行动。新人嘛，没追过人，当然什么都不懂。黎千远表示理解。又一天过去了，除了几条垃圾短信，黎千远的手机没有响过。

　　一定是有什么十万火急的大事件阻碍了她的追求行动，嗯，肯定是这样！黎千远想，毕竟我这么有魅力。

　　第三天，第四天……

　　第七天，她今天怎么又不来追我？

　　一个星期过去了，黎千远的忍耐也到了极点。

　　七天，整整七天，柯清晨竟连句送温暖的话都没有。黎千远又气又恼，不由深深地担忧起来，她……该不会是随口说说的吧？

　　还说我随便，自己也没好到哪里去！黎千远觉得心里委屈极了，他觉得自己有必要去给柯清晨上一堂"论追求者的自我修养"的课，教教她怎么追人。

山不来，那我动，于是黎千远上门去给柯清晨上课了。

他去到柯清晨的学校，给她发微信，特别冷淡的语气：**在哪儿？**

柯清晨很快就回了，说在实验室，还体贴地发了定位。

原来她是忙着影响人类简史了，当然无心小情小爱。黎千远心里好受了点儿，他骑着共享单车飞一般地驶到实验室楼下，看到柯清晨和一个男人正说着什么从楼梯走了下来。黎千远眯起眼睛仔细看，这男的还挺帅，不过当然没他帅。

哪里来的男人？黎千远莫名有点危机感。

"千远。"柯清晨叫他，朝他走过来，神色如常，没有几天未见的生疏，也没有要追人的羞涩。

叫得挺亲切，黎千远被冷落了一个世纪的身心愉悦了一些，他想，看在你叫得这么动人的分上，等会儿拒绝你我会委婉些。

柯清晨简单地介绍身边的男人："千远，这是我搭档，二师兄。二师兄，这是我的朋友，黎千远。"

"不要叫我二师兄！"二师兄先是很认真地纠正她，又表示惊奇，"你竟然还有朋友？"

"总有人慧眼识珠的嘛。"柯清晨笑笑。

二师兄不置可否，对黎千远说："辛苦了，年纪轻轻眼睛就坏了。"

黎千远：……

二师兄说完，点了点头，便走了。

很严肃很正经很简洁，很科学家！

"这也是未来的科学家？"黎千远很是惊奇。

柯清晨点头，说了个黎千远听不懂的专业及研究课题，又说："二师兄虽然长得像个人，可从来没有说过人话，你不要介意。"

这是安慰二师兄刚才说他眼睛不好。真体贴，黎千远美滋滋地想，不禁莞尔："你们科学家队伍的颜值都这么高？"

"我们是明星队。"柯清晨笑眯眯道，"毕竟我们身上肩负着全人类的希望，必须是全方位的能打，高颜值是标配。"

好心疼科学家，要影响人类简史，还要高颜值，黎千远说："不用不用，你们有智商就够了，探索宇宙已经够累了。"

柯清晨哈哈大笑，眨眨眼睛，问："当科学家当然不需要颜值，不过做黎公子的女朋友，我这颜值够打吗，能 C 位出道吗？"

黎千远：……

黎千远脸一红，猝不及防地被当面撩拨了一下，他顾左右而言他，转移话题："你二师兄为什么不让你叫他二师兄？"

"因为他姓朱，我还只有他一个师兄。"

黎千远：……

谁愿意被人称作肥头大耳的二师兄，他发现了，这人是真坏，坏到骨子里了！

柯清晨只是笑，还笑得甜甜的，催他："到饭点了，走，我请你吃饭。"

看在她这么有诚意的分上，黎千远就勉为其难地答应她了，他反问："你想吃什么？"

"有什么又辣又好吃的？"

那真是不要太多，黎千远直接报菜名，一连串的什么水煮活鱼、剁椒鱼头、香辣蟹辣子鸡香锅……柯清晨佩服得五体投地。

她问："水煮活鱼要人帮忙挑刺吗？"

"不用，我们可以吃无刺的。"

柯清晨有些失望，然后愉快地决定："那我们还是去吃小龙虾吧。"

感觉自己是送上门给她剥虾的，黎千远惘怅地想。柯清晨已经坐在单车后座，冲他招手："快点，快点，我还没坐过别人的车后座。"

"又是人生第一次？"

"嗯，不用感动，这是你的荣幸。"

这人到底是活得有多孤僻啊！天才果然不是人当的。黎千远认命地骑车，骑得又安稳又匀速，简直是安全骑车的典范。

柯清晨坐在后座，嗓音清脆悦人："千远，我可以搂你的腰吗？"

黎千远背部一僵，犹豫了一下，冷酷地拒绝了："不可以。"

"哦。"柯清晨应了一声，有点惋惜的语气。

"不过，"黎千远又说，"我允许你拉下我的衣角，毕竟，骑车出行，安全第一。"

"要是出现紧急情况，你也可以适当礼貌地搂一下我的腰，借借力，但险情一过，得马上放开我。"他又吞吞吐吐地说，心里要被自己的高风亮节感动哭了。

柯清晨还是笑，笑得特别开心，她小心翼翼地拉住黎千远的衣角，礼貌矜持地说："你放心，我很守规矩，我不会逾越的。"

她对他的高风亮节表示欣赏："千远，你果然冰清玉洁。"

黎千远：……

感觉这并不是夸奖！

02

两个人又去吃小龙虾，还是五香微辣味的。

黎千远老老实实地给柯清晨剥虾，柯清晨吃得很欢，还很勤快地剥了几只，用筷子蘸了料，夹到手不方便的黎千远嘴边，笑眯眯道："赏你的，剥虾费。"

终于有点被追求的感觉了。黎千远吃了一口虾，感觉有点害羞。

啊，耳朵红了，又脸红了。柯清晨发现，黎千远这个人很容易害羞，脸红的时候耳郭先红，然后再一点一点地蔓延，眼神也变得躲躲闪闪，一排长睫毛低垂着。

他的睫毛很长，长而直，又很浓密。这让他看人的时候总是显得很深情。他的酒窝也很可爱，一笑就十分迷人。明明长着一张万人迷的脸，但其实特别纯情。柯清晨笑眯眯地看他，不时给他夹只虾。

气氛轻松融洽，其实相识以来，他们的气场一直都很合拍，有种一见如故的舒服感。就是柯清晨放在桌上的手机还是一直响，和上次一样，先是电话，接着微信信息一声接一声。

黎千远吃了虾，脸红通通的，他假装自然地转移重点："你不接一下吗？"

"不接，还是我妈。我要是接了，别想吃饭了，光听她哭了。"柯清晨淡淡道，语气冷淡得不近人情。

"说不定有重要的事。"

"能有什么事？叫我劝和呗。"柯清晨嘲讽地笑了下，然后点了下微信语音的播放键，"不信，你听。"

电话里传来一个女人的哭泣声，愤怒中夹杂着痛苦和绝望，她哭着："清晨，你爸又出去找那个女人了，你帮我劝劝他。"微信又自动播放下一条语音，还是哭："他为什么这么对我，凭这么对我……"

这还是黎千远第一次接触夫妻感情破裂的离婚大戏。

他爸妈虽然算不上模范夫妻，但感情很好，而且他们很忙，根本没有时间吵架。

他有些尴尬地把手机还给柯清晨，也不知道该说什么。柯清晨倒是神色如常，继续吃虾，她漫不经心地说："我哪知道为什么，我只晓得变心的男人不如狗，谁要谁牵走，没什么好挽留的。"

黎千远：……

他莫名觉得膝盖中了一箭，有些心虚。他好像就走在变心的路上，不，狂奔在变心的路上……

柯清晨一看他的神色就猜到他在想什么，顿时乐了，笑哈哈地安慰他："放心，不是说你，你这不算变心，你和陶菲菲顶多是你单相思，人家压根没看上你。你呢，叫弃暗投明，智商开光。"

黎千远：……

感觉这也不是夸奖！

话虽如此，黎千远还是感受到了柯清晨的失落。每次提及父母，虽然她总是用一种无所谓的语气在调侃，但她难掩消沉的情绪。怎么可能真的做到无动于衷？刚才他就发现，她妈妈发给她的每一条语音，柯清晨都听了。

"你不回你妈妈一下？"黎千远问。

"不用回，她不过想找一个人诉苦。我们这一家子都一样，自己不好受，也不想别人好过。"柯清晨还是那种自嘲的语气。

"别这么说，"黎千远看她，"我觉得你挺好的。"

"哦。"柯清晨又露出那种狡黠的表情，追问，"哪里好了？"

长得好看，智商又高，是个天才，黎千远可以说出她无数个优点，最后却矜持地吐出一句："比如，挺有正义感？"

"哈哈哈。"柯清晨被逗乐了，又开始使坏，也不记得吃虾了，"你不提这茬儿，我都忘了。你今天来，是来找我还是找你家菲菲呢？还是找你家菲菲顺带找我，或者是找你家菲菲的路上拐了个弯来找我？"

这都什么跟什么啊！黎千远被她绕得头晕，梗着脖子，维护自己的骄傲："都不是！我是来感受重点大学的学习氛围，来学习学霸精神的！"

"好感人，真想号召所有小龙虾跟你学习！"

黎千远：……

这人真坏！黎千远再次肯定柯清晨的使坏能力。

说到这里，黎千远也不倔强了，没好气地说："别说我了，某人还说要追我呢。"

哎，委屈了。柯清晨仔细看黎千远，觉得他这样别扭的样子很可爱，她点点头："对啊，我确实要追你。你看，我都在请你吃饭了。"

黎千远忍住又忍住，还是忍不住："要不是我来感受重点大学的学习氛围，能吃上这顿饭？"

他小声嘀咕了句："还追人呢，能不能走点心。"

"哦，我没心的，真心爱心良心都没有，走不了心。"柯清晨一本正经地说。

黎千远没好气地瞪了她一眼："那你还说追我，一点诚意都没有。"

"那你想让我怎么追你？"柯清晨严肃地问。

黎千远这下又说不出话来了，只磕磕绊绊道："就，循序渐进，争取走个心？"

"哎，你真难追。"没心没肺的柯清晨总结了一句。

黎千远：……

03

吃完小龙虾，两人从店里走出来，外面好大的太阳，天气真好。

柯清晨笑呵呵的，但黎千远还是能察觉到她并不像表面看起来的那么快乐，她的手机还在震动。

"为什么不调成静音？"黎千远不解，这样的轰炸，正常人也会被吵得崩溃。

"为人子女，我不安慰不劝和也就算了，要是不能感同身受，去感受我妈的痛苦，未免太不人道了。"柯清晨笑道。

"你妈总是这样吗？"

"嗯。"

"你……不烦吗？"

"有点儿，不过我习惯了。"柯清晨又笑。

黎千远发现了，柯清晨要是碰到不想谈不愿碰触的话题，就会一直笑，好像什么都影响不了她。

他于是转移话题："今天的天好蓝啊。"

柯清晨抬头，的确是很蓝的天，像被水洗过一般。

黎千远侧头看着她，明明脸上带着笑，可他还是捕捉到点儿什么。他的心里忽然有种说不出的感受，就觉得想……陪陪她。

"对了，接下来，我们要做什么？"柯清晨扭过头兴致勃勃地问。

"嗯？"

"我这不是在追你吗？初次追人，我没什么经验，得向你学习学习。"

黎千远：……

这话怎么听着更像是在嘲讽！

他没好气地说："正常流程是要吃饭看电影，看星星看月亮。要月下漫步，探讨人生。要接送要互道晚安，不过你别想了，我下午有课！"

他气鼓鼓的，一副"你别妄图影响我学习"的表情。

"什么课？"

"园林植物繁殖与苗圃管理。"

黎千远的专业是园林设计，一个艺术专业。说起来他和柯清晨简直是天差地别，一个研究天上，一个专注地下，一个是航空航天大学的高才生，一个农业大学低分掠过的普通学生。

"听起来挺有意思的。"柯清晨点点头，拿起手机打电话，"二师兄，我有十万火急的事，下午不去实验室了，你多看着点啊！"

说完，她利落地挂掉电话，笑眯眯地说："走吧。"

"去哪？"黎千远蒙了。

"陪你上课啊，"柯清晨理所当然地说，"你不是怪我不走心，没好好追你吗？我这不得努力一把，让你感受一下我的诚意。"

原来这是她十万火急的事，黎千远：……

果然十万火急！

柯清晨真的陪黎千远去上课了。

他们这个专业一共只有两个班，大家都互相脸熟，突然来了一个院花级以上的美女，引得大家不断侧目。

柯清晨坐到黎千远的身边，新奇地看了看四周，冲周围人友好地笑，一看就让人不禁猜测两个人关系非同一般，用一个词来形容就是"暧昧"。

但这人果然乖巧不过一分钟，就悠悠地来了句："你家菲菲陪你上过课吗？"

黎千远："……没有。"

陶菲菲别说陪他上课，连他的学校都没有来过。不知道为什么，柯清晨一直"你家菲菲"地叫着，让黎千远这会儿听起来有些不自在。

柯清晨笑了，问："那你现在是不是很感动？"

"并没有，谢谢。"黎千远面无表情地回答。

其实还是……有的。

这么热的天，她特地来到他的学校陪他上课，还满眼都是自己。一直不被重视的黎千远内心不可谓不动容。

宿舍的群早就炸了，大家都追着问：*是谁是谁，哪里拐来的？*

隔壁的。 黎千远假装冷淡地回答，又加了句，*硬要跟我过来，烦。*

可以说非常傲娇了！仿佛这样就能掩藏掉他悄然滋长的小心思。

打发完舍友，黎千远把手机调成静音，又朝柯清晨伸手："把手机给我。"

他把她的手机也调成静音，还给她，异常严肃："你好好听课，别影响我上课。"

"这个自然。"柯清晨点头，笑得甜甜的。不管怎样，她那没停歇的手机暂时被遗忘了，世界终于安静了一会儿。

她煞有其事地拿了黎千远的笔记和笔，把课本放在两人桌子中间，双臂叠在一起，摆出标准的小学生坐姿。黎千远没理她，谁也无法阻挡他热爱学习和努力上进的心。

只是柯清晨听着听着，姿势越来越不规范，慢慢地，从双臂叠放变成托腮，起初她还看着黑板，后面直接不时地看向黎千远。

黎千远面上淡定，假装没有察觉，内心却在摇旗呐喊，她在看我，又在看我了！

她果然被我迷得不要不要的！

他们很快就乐极生悲了。

大概老师觉得课堂气氛不活跃，有必要来个课堂提问来提提神。他看了半天的花名册，抬头："算了，我们随机挑一个。"

他随手一指，指向柯清晨："就你了，最漂亮的那个。"

柯清晨站起来，真不知道是要感谢老师看得起她，还是她运气好。她虽然一直在看黎千远，但课也听了，正要回答问题，就看到黎千远笑眯眯的，那卧蚕正在生动演绎什么叫幸灾乐祸。

她笑了起来，说："老师，我是隔壁学校的，今天走错教室了。我不知道答案，我能现场找个同学帮忙吗？"

说着，她指了指身边笑得正欢的黎千远。

黎千远：……

老师对男同学可没这么客气，他笑眯眯地问："她是隔壁航大的，那你应该是我的学生吧？我问你啊，你是不是觉得我的课很好过，不怕挂科，所以带着女朋友来我的课上谈恋爱啊？"

全班哄堂大笑，黎千远整张脸都红了，结结巴巴道："老师，您，您误会了，她不是我女朋友。"

老师一脸不相信，黎千远急了："你相信我，我是个热爱学习的好学生。"

说着，他求助地看了柯清晨一眼。他真是病急乱投医，找错人了，刚刚就数柯清晨笑得最欢。此时，她唯恐天下不乱地来了一句："老师，他说的是真的。我……"她顿了下，半真半假，"我还追着呢。"

又是一阵热烈的哄笑声，连老师都哭笑不得，让黎千远草草地回答了问题，随后感叹一声："年轻就是好啊！"

他又教育他："差不多就得了，不要让人家航大的觉得我们农大学子很难追。"

黎千远：……

其他同学：……

这老师也是一个活宝，弄得课堂气氛热烈到了极点。

黎千远讪讪地坐下来，柯清晨已经坐回小学生坐姿，一脸无辜地盯着黑板。他用手肘碰了碰她，刚想说点什么，就收到一个不认同的眼神。柯清晨责怪道："别闹，好好听课！"

黎千远：……

接下来，柯清晨没再出什么幺蛾子，很正经地上了一节课。就是黎千远不时看她一眼，又看她一眼，看她安静乖巧地坐在自己身边，看着自己的书，拿着自己的笔，用着自己的笔记本。他突然觉得这样挺好的，很像……同桌的你。

黎千远骨子里其实是很纯情的，他能想到的最美好的校园恋爱也就是"同桌的你"，以前看同学带女朋友一起来上课，他心里还有几分羡慕，今天他也有了！还是老师盖章认证的，他心中的大神！

他不由得笑了起来，其实……挺好的，这样坐在一起，真的挺好的。

但矜持还是要有的，一下课，黎千远就问："你刚才是故意的吧？"

"你怎么会这么想？不是你嫌我追你，没诚意吗？"柯清晨很是无辜，"看，这就是我的诚意。"

黎千远："……我还得谢谢你了？"

"这就不用了。"柯清晨笑眯眯地说，"你要没异议的话，就听老师的话。"

老师说，差不多就得了。黎千远一阵无语。他心里莫名一甜，但还是倔强道："我不！"

"你真难追！"柯清晨又一次评价。

黎千远：……

就这几句话的工夫，宿舍的男生就围了过来，满脸热情八卦的同时又十分不解。

黎千远追陶菲菲追到路人皆知，这是哪里来的漂亮女生，一来就放了个大招？但他们也很识趣，当着柯清晨的面当然不会问这些，虽然心里有十万个为什么，但他们也只是打了声招呼就散了。

"你的兄弟们一定很苦恼。"柯清晨若有所指，点了点头，"走吧，让我去为他们排忧解惑。"

"去哪儿？"

"去你宿舍。"

"去我宿舍做什么？"黎千远顿时警觉起来。

"去收买人心，宣告所有权啊。"柯清晨振振有词，"全世界都知道你在追陶菲菲，我当然得去向全世界宣告一下，现在我在追你，你将来要被我承包了。而且你这么难追，总得允许我曲线救国一下。"

黎千远的心又莫名地被甜了一下，但想到以"脏乱差"著名的男生宿舍，他还是委婉道："这个不急，来日方长。"

"急！十万火急！你这么难追，我不努力可不行。"说着，她不客气地抢过黎千远的手机，"手机拿来，别想给你的兄弟们通风报信。"

黎千远："……呃，宿舍有点乱。"

"乱得过你藕断丝连，脚踏两只船，想成人之美的心？"

黎千远无语，他哪有脚踏两只船，他已经很久没有和陶菲菲有联系了。

柯清晨拉着黎千远去了他们宿舍。

黎千远一脸的生无可恋，柯清晨这人是有点儿洁癖的，去过他的宿舍，大概会放弃追他吧……

然而情况并没有黎千远想象中的那么糟糕，男生确实普遍比较邋遢，但也不知是兄弟们突然间有默契，还是这么凑巧，他们今天竟然打扫了！

六个大男孩一比较，黎千远就显示出了几分优秀来，他的桌子算不上特别干净，但也算整洁，充电器、书、零食，随便放着，显示出生活原本的气息，满满的烟火气。

怪不得说情人眼里出西施呢，这要放在其他人身上，柯清晨便要不客气地评价：邋遢。可放在黎千远身上，便是："呃，果然符合他的风格。"

黎千远战战兢兢地给柯清晨介绍他宿舍的"难兄难弟"，生怕哪个不长眼的哥们把她错认成陶菲菲，突然冒出一句："恭喜你们终于'有情人终成眷属'，我兄弟喜欢你很久了。"好在今天大家智商都在线，笑呵呵地打招呼，说了几句"光临寒舍，蓬荜生辉"的人话。

轮到介绍柯清晨，黎千远突然为难了，该怎么介绍呢？他随便应付过去："这是柯清晨——"

没等他说完，兄弟们就挤眉弄眼，异口同声："我们知道，隔壁学校的，在追你，都追到教室了。"

黎千远都不知道说什么好了，倒是柯清晨落落大方地打了声招呼："大家叫我清晨就好了，我确实是黎千远的众多追求者之一。"

黎千远和他的舍友们一阵无语。

这么好看的姑娘在追他，都追到教室了，他竟然没有感恩跪谢一口答应！众兄弟都很生气，纷纷暗示自己也单身，比黎千远英俊一万倍，仙女要不要考虑自己，不用辛苦追，他们可以提供上门服务。

黎千远脸都绿了，柯清晨哈哈大笑，表示可以考虑，很快就和大家相见恨晚地聊了起来。

气氛还挺热烈的，话题全都围绕着黎千远，兄弟们负责抨击诋毁黎千远——别看这人"人模狗样"的，衣服都是积累一个星期才洗一次，实在令人不齿。

柯清晨对兄弟们水深火热的生活表示同情，并表示黎千远欠一个女朋友来收拾他。

"这不有你嘛。"

"还差得远呢，我正努力着，千远啊，他比较难追。"

舍友们：……

刀在哪里，来砍这个难追的黎千远！

这热火朝天的场面直到外卖到了才暂且告一段落。柯清晨请大家吃烧烤，有样学样："吃了我的烧烤，哥哥们以后多帮我说几句好话！"

兄弟们纷纷表示必须的，并惊讶地发现，原来隔壁学校并不是只有书呆子，还有这样有趣的妙人，忍不住好奇："清晨，你是什么专业的？"

"我啊，开挖掘机的，挖掘专业，专门挖宝的。"

几秒钟的沉默之后，宿舍哄堂大笑，这小丫头真是坦荡赤诚得可爱。

黎千远趁机把柯清晨拉出"狼圈"，递上一杯水："渴不渴？话这么多！"

　　柯清晨也不恼，转动着手中的骨瓷杯，眼睛圆溜溜地转，问："这是谁的杯子？"

　　"买牙膏送的，新的，可以吧？"黎千远几乎要烦死了，这小丫头心眼怎么这么多，他没好气道，"她连我的学校都没进来过，怎么可能来我宿舍。"

　　柯清晨这才开心地喝了一口，夸张道："哎，真甜！"

　　黎千远：……

　　"以后这就是我的专用杯了。"柯清晨笑嘻嘻道，"你不能给别人用，知道吗？"

　　"烦人。"话虽如此，对上一双明亮期待的眼睛，黎千远还是点了点头，"你的，都是你的，可以吗？"

　　柯清晨笑，拿起桌上的标签纸："那我盖个章。"

　　她在纸上认真写着：**柯清晨专用**。然后不客气地贴在杯子上，还问："好看吗？"

　　黎千远："……不好看，丑死了！"

　　柯清晨还是笑，和黎千远吃烤串。他吃肉串，她慢吞吞地吃青菜，边吃边问："你真的一星期不洗衣服？"

　　黎千远试图维护自己的名誉："别听他们胡说，他们就是嫉妒我衣服多！"

　　他衣服确实挺多的，柯清晨认识他也有大半学期了，每次见他，他穿的衣服都不重样，每次出现在 410 寝室，都收拾得特别帅气。

　　地主家的傻儿子爱漂亮，人也确实长得漂亮。柯清晨咬了一口土豆，这家土豆烤得偏软糯，她的语气也软软的："没关系。"

　　"什么？"

　　"没关系。"柯清晨重复了一遍，她看着他，眼睛有些温柔，"在一起后，我会帮你洗衣服的，包括臭袜子。"

黎千远愣住了，柯清晨又说，神情很认真："我们要是在一起了，我会帮你洗衣服，你感冒生病时，我也会像你照顾我一样照顾你，不是惯着你，只是想对你好，因为你是男朋友，我会对你好的。"

　　她一边吃烤串一边说出这样的话，还是在大庭广众之下，这么不庄重不严肃，当然不可信，一点都不可信。但黎千远的心还是不由得热了起来。

　　然而下一秒，柯清晨抬起头冲他狡黠一笑："我刚才说的都是逗你的！哎，你不会都当真了吧？"

　　黎千远：……

　　他气得险些掀桌子，果然这丫头的嘴里没有一句话可信！

　　看他吃瘪，柯清晨又话锋一转："当然，我说过的追你的话绝对不会食言。"

　　黎千远彻底无语了，他看着她脸上生动的表情，一会儿像恶魔，一会儿像天使，不知道为什么，他觉得自己的心里像是有什么东西在一点点进驻和填充，有点奇妙，却不会让人不舒服。

04

　　吃了烧烤，又和宿舍的兄弟们玩了几场游戏，在成功把大家收买后，柯清晨这才功成身退。

　　告别时，黎千远的舍友们纷纷挽留："大神，以后常来玩啊。我家大门常打开，欢迎你再来。"

　　谁不喜欢大方爽快又会玩游戏的漂亮女孩！

　　柯清晨笑呵呵地应了，又说："希望下次我能让你们改口叫大嫂。"

　　黎千远：……

　　黎千远的舍友们：……

　　黎千远赶紧把柯清晨拉出来。他觉得宿舍这种一堆臭男人的地方下次还是不要带她来了，小丫头太容易学坏了，虽然她本身就贼坏贼坏的，一肚子坏水。

柯清晨始终笑吟吟的，心情看起来不错。

她歪着脑袋问："怎么样，这次感受到我的诚意了吗？"

陪他上课，为他和舍友搞好关系，请大家吃烧烤还组队一起玩游戏。

确实比若即若离的陶菲菲更让人能感受到青春还有恋爱的美好。不过黎千远才不上当，还是那么倔强："你这都是套路，我一眼就看穿了。"

"对，"柯清晨点头，"跟你学的套路。"

黎千远：……

"果然不能跟你学，毕竟你追了两年，连手都没拉过，失败案例。"

黎千远好气！气得他一句话都不想说。

但黎千远从来走不了安静美男这个路线，半晌，他又问："现在，你心情好些了吗？"

柯清晨点点头："好了很多，我现在的心情就跟此刻的天空一样。"

今夜无月，但没有月亮的晚上星星会特别多，此时此刻，就是满天星光。

"谢谢你了。"柯清晨诚心道，难得的正经。

这一天，表面看起来，是她追着黎千远，其实是黎千远陪着她。他察觉出她的消沉，便一点一点地把她从父母不和的阴郁里拉出来，虽不能说是解救，起码能让她暂时浮出水面，呼吸一口新鲜的空气。

柯清晨看着身边的大男孩，今天她是认真的，她觉得他是宝。

黎千远虽然呆呆的，但他有一颗很温柔的心，他温柔是不带目的的，是天性的善良，像春日里和煦的风，让人觉得很温暖舒适。

她于是又问："那以后我心情不好，还能来找你吗？"

"这可不行。"黎千远也算是看清了小丫头的套路，挖坑装可怜卖萌张口就来。他一本正经地拒绝："我这么忙，而且，没名没分，你老是找我，容易让人误会。"

"那给你一个名分怎么样？"

"男朋友吗？"黎千远脱口而出，继续一本正经地拒绝，"这可不行！这，这也太快了。"

"我说是男朋友了吗？"柯清晨反问，又一脸恍然大悟的样子，"原来你这么想当我男朋友！"

"谁想当你男朋友？"黎千远恼羞成怒，涨红了脸，"我一点都不想当你男朋友，你就算跪着求我，我也不会答应的。"

"好好好，不当就不当。"柯清晨几乎要笑哭了，"我们先当好朋友好了，无话不谈的那种。"

黎千远想，都是一起吃过两顿小龙虾的交情了，当然可以当好朋友，再吃一顿水煮鱼，就是生死之交了。他勉为其难地答应了："看在你没有朋友的分上，我就'舍生取义'一次。"

没有朋友的孤僻天才少女柯清晨喜提一个好朋友，很是感动。她兴奋地问："那明天我心情不好，能找你吗？"

"晚上吧，明天一天都有课。"

"后天呢？大后天呢？"

黎千远炸毛了："你怎么天天心情不好？"

这次，柯清晨没忍住笑，她笑得腰都直不起来，老天真是白给了这人一张万人迷的脸。

她笑哈哈："我是想天天能见到你啊，笨蛋！"

黎千远又莫名一甜，别扭道："我才不笨。"

你还不傻，都当了两年的备胎了，还以为是真爱的考验。柯清晨觉得自己也是蛮伟大的，万里挑一，挑了个傻子来磨砺自己。她叹了口气："怪不得你追了两年，连陶菲菲的手都没拉过。"

黎千远瞪了她一眼："关你什么事，我很矜持的，我只拉我未来妻子的手，别人的手当然不能随便乱拉！"

柯清晨没想到他这么纯情，忍不住笑着点头："我懂，手确实不能随便乱拉。"

黎千远这才消停了些，觉得挽回了一些面子，赶紧转移话题："那你呢，第一次和男生拉手是什么时候？"

"我没和男生拉过手。"柯清晨直率地说，"以前跳级太快，连'同桌的你'都没有，哪有时间早恋。"

这倒是，天才果然不是人当的。黎千远同情地想，又觉得不对，这丫头甜言蜜语张嘴就来，恋爱技能简直满级，他问："那你怎么会……"

"会怎么样啊？"柯清晨故意问。

黎千远不回答，脸又红了。柯清晨也不逼他，说："我学的。"

她眼神闪过一丝嘲讽："我的成长环境比较复杂，耳濡目染，想不会都难。"

她提过，她妈妈是歌手，那可能是混演艺圈的，黎千远没多想，点点头："难怪了，这么会！"

这么会撩人……

"但我真的没有谈过恋爱。"柯清晨看着他，眼睛水灵灵的，特别亮，"怎么样，要不要来做我的初恋？听说初恋是最难忘的，我允许你做我的第一个男人。"

黎千远又开始咳嗽了，边咳边教育她："好好说话！"

教育完，他用一种"你果然在觊觎我"的眼神谴责她："想得美呢，你才追我一天，就想有名有分。好好加油吧，恋爱是很神圣的事。"

柯清晨又想笑了，她能怎么说，她只能说："我会努力的。"

05

一路有说有笑，黎千远送柯清晨到宿舍楼下，可就是这么巧，他们又碰到陶菲菲了。

陶菲菲难以置信地看着他们，咬着唇，看着柯清晨的眼神充满了愤怒，但望向黎千远时又变成了幽怨，眼里全是受伤的神情。

这变脸速度真厉害啊。柯清晨又想使坏了，但看在黎千远这么温柔的分上，她决定不为难他们了。她点点头："我上去了，你回去注意安全，路上小心。"

她走了几步，想到今天黎千远传授的追人流程，又转过身，说："我忘了说晚安了。"

她扬眉浅笑："晚安，千远，祝你好梦，今天谢谢你了。"

这次她真的走了，走得挺利索，就是陶菲菲的脸色又黑了一个色号。

两人隔着几步距离面对面地站着，黎千远难得安静，平时他总是殷勤地围着陶菲菲，如今这反应，反差有些大。

陶菲菲的脸有隐藏的怒意，她主动上前，问："千远，你这是什么意思？"

黎千远的睫毛颤了颤，开口道："和清晨没关系，是我主动找她的。"

他这样说，陶菲菲更气了，他这是在维护柯清晨。他们认识了这么多年，可他才认识柯清晨几天？他就这样为她说话。

陶菲菲握着包的手指不由得握紧，只想骂人，但她还是克制住了。她咬着唇，双眼含波地看着他："你……你不是在追我吗？"

她的嗓音听起来有点委屈，还带着丝柔弱。她一向高傲，走到哪都是被捧着，她能这样示弱，已经算是很难得了，她可从来没这样放下身段过。

黎千远却没有以前的殷勤，他看着面前的女孩。她的美是他熟悉的，她的冷淡也是他熟悉的，他也习惯追着她，如果没有柯清晨，他不会觉得委屈。

但他的心最近好像被暖到了，像大冬天走在风雪中，有人打开门，给了他一杯滚烫的开水，他拿着水杯，觉得冰凉的手指慢慢被焐热了。

他看着她，嗓音很轻，但吐字清晰："菲菲，我累了。"

"什么？"

"我累了。"黎千远说。

这是真的，不管有没有柯清晨都一样。两年了，陶菲菲的态度让他觉得疲惫，他又说："菲菲，我也会觉得累、沮丧，想放弃。"

陶菲菲却根本听不进去，她觉得这些都是借口。两年又怎样？她这么优秀，想找个各方面都优秀的男朋友有什么错？他的学校普通，打心眼她就觉得他配上不自己。她都给他机会了，他没有感动自己，是他的问题。

陶菲菲露出有些尖酸刻薄的眼神，嘲讽道："你没认识柯清晨之前怎么不觉得累？我看你就是受不住诱惑，柯清晨一说要追你，你就暗自窃喜，觉得天上掉馅饼了。"

这……还真有点。

黎千远接到柯清晨的示威电话时，确实有种天上掉馅饼的窃喜，原来他也是有人喜欢的，老是追着一个人，却总被晾着，黎千远也不是不憋屈的。

但两年诚挚的追求却换来这样一句嘲讽，黎千远突然像浑身被卸了力气。他有些无力地说："菲菲，我是个普通人。"

凡人是贪婪的，是渴望回应的。只有圣人才无欲无求，一心奉献，但他不是。他是想有一天陶菲菲会像柯清晨那样坐在他身边陪他上课，小声嘀咕"谁来上课的，我是来看你的"；会像柯清晨一样走进他的生活，去认识他的朋友……

这些柯清晨全都做了，她开开心心地陪着他，不觉得是委屈，不觉得是将就，但对陶菲菲来说，他……奢望了。

"普通人？"陶菲菲冷笑，抱着胸说，"你确实是个普通人，见异思迁的普通人！"

话都说到这分上了，黎千远也不想辩解，无奈道："你说是就是吧。"

"什么叫我说是就是？"这句话说出口，也不知道触犯了陶菲菲哪片逆鳞，她更气了，简直勃然大怒，口不择言，"黎千远，你以为柯清晨就是什么好东西，她就清纯不做作？

"你去问一下我们宿舍的人，是不是好几次看到她在学校门口跟一个开豪车的中年男人拉拉扯扯，纠缠不清，场面别提有多难看了。那个男的长得特别油腻，一看就是暴发户，连车牌号都是土得要死的 666。不过也对，配她——666，这抢男人当小三的手段谁有她玩得溜？"

陶菲菲也是气极，这段长长的话说完，都不带喘气。

黎千远没有开口说话，他很是诧异地看着面前的女孩。

陶菲菲说的这些他也隐约有所耳闻，他对柯清晨不是没有一丝疑惑，清晨平时的吃穿用度确实不是一个普通学生能承担得起的。但更让他诧异的是，陶菲菲竟然会说这样的话，没有证实，不明真相，光凭几次在校门口撞见别人和开豪车的人拉扯，就胡乱揣测。

黎千远看着陶菲菲，突然觉得面前的女孩有些陌生。她好像不是他认识中的模样，或者说，他从来没有看清过她。

那么多人追她，他也跟着追。她是大家的女神，他也把她当女神一样供着。直到今天黎千远才发现，他这场轰轰烈烈的追求其实是糊里糊涂的。他从来没有真正地去接触过陶菲菲，他喜欢的陶菲菲可能也只是他想象中的美好女孩。他从来不了解她，他只是把对爱情的期待和想象放在这个面容姣好、成绩优异、受老师喜欢的女孩身上。

见他果然安静了，陶菲菲心里有些得意，刚张口想说点什么，就听到黎千远开口了："这么说，你们只是看到她和开豪车的男人争吵，其实什么都不清楚？"

陶菲菲一愣，没想到他会这么问，说："这还不够吗？"

"那我有时候也开车送你，"黎千远平静地打断她，"我的车不是豪车，但在学生当中还算可以。按照你的说法，如果别人看到了，是不是可以说你为了钱才上我的车？"

"你——"陶菲菲整个人都蒙了，她瞪着黎千远，气得脸都白了，一时间竟说不出反驳的话。

"菲菲，你可以讨厌柯清晨，也可以指责我见异思迁，但是女孩子的名声很宝贵，流言是最伤人的。你确实可以去猜测他们之间的关系，但请不要在一无所知的情况下随便乱下定义并说出去。"

黎千远继续说了下去，难得的正经，带着几分严肃："清白这东西一旦被弄脏了，是很难洗清的。不管是真是假，希望这样的话你不要再说了。你要明白，今天你可以这样说别人，明天别人也可以这样说你。"

"我不会！我这么优秀，他们会相信我的！"陶菲菲还是听不进去，她只感到羞辱，平时对她低眉顺眼，唯命是从的备胎竟敢这样跟她说话。这一切都是柯清晨的错，当然，黎千远也不是什么好东西，以前他哪儿会反驳她。她气得感觉血液都回流到了大脑，简直要气哭了，"千远！你以前不是这样子的，你不会这样跟我说话！"

之前，你也不是这样的啊。黎千远想，他叹了口气："我可能真的累了。"

"你……不是喜欢我吗？"陶菲菲颤声问，眼泪几乎要夺眶而出。

黎千远想了想，半晌才开口："对不起，菲菲。我不想再喜欢你了，以后也不会追你了。这两年，如果有打扰到你，我很抱歉。"

"啪"的一声，陶菲菲愤怒的巴掌已飞快地甩在黎千远的脸上。

她看着他，一脸高傲："你知道我为什么不答应你的追求吗？因为我早看清了，你就是个渣男！"

　　说完这话，陶菲菲甩了甩有些生疼的手，昂起高傲的头，头也不回地走了。她没有哭，她忍住了眼泪，维护住了自己的骄傲。

　　这不过是个可有可无的追求者，她一点都不在乎，这么容易变心的追求者，也不配追她！

　　陶菲菲带着一身的怒气回到宿舍，脸上冰冷得堪比十二月的寒冬。

　　一进宿舍，她就忍不住看了一眼柯清晨。平时她是不屑理会柯清晨的，可女性的本能让她忍不住好奇对方的举动。此刻，柯清晨正在看书，神色如常。

　　柯清晨其实并不是很合群，在宿舍话不多，人也不热络。她也没什么娱乐活动，总是在看书，看各种奇奇怪怪的书或者专业性很强的书。她在这个学霸如云的学校很有名，多次获奖，其中很多都是国家级奖项，有些甚至是国际性的项目。

　　这样的人会看上黎千远？陶菲菲不相信，她觉得柯清晨就是一时意气，跟自己斗气，向她下的战书。

　　黎千远等着被甩吧，到时候就算他哭着回到自己身边，她也不会多看他一眼。陶菲菲想着，越看越觉得柯清晨长着一张讨厌的脸，是专门来气她的。

　　她一点都不想承认，黎千远选柯清晨，是因为自己不如她。她觉得那是黎千远渣，太花心！

　　没一会儿，宿舍的叶晓枫和王满满也回来了。

　　王满满一惊一乍，围着陶菲菲问："菲菲，黎公子今天来找你了吗？我们刚才在路上碰到黎公子，他脸红红的，虽然灯光比较暗，但还是看得出被人打了，下手还挺重的。"

"五个手指印都看出来了。"叶晓枫担忧地说。

"你们以后谁也不要在我面前提黎千远了！"陶菲菲忍了一晚上的火终于爆发了，她虽是对着叶晓枫和王满满吼，眼睛却盯着柯清晨，骂道，"黎千远就是个渣男，彻彻底底的大渣男！"

她吼得太大声，好像受了天大的委屈，叶晓枫和王满满瞬间噤若寒蝉。

柯清晨却抬起头，她看了过来，问："你打的？"

虽然是疑问句，却是笃定的语气。

"和你有什么关系。"陶菲菲冷着脸回答，眼神很冷漠。

"看来真的是你打的。"柯清晨点点头，"你为什么打他？"

"和你有什么关系。"陶菲菲还是这句，又加了一句，"狐狸精！"

这句话是撕破脸骂人了，柯清晨却不生气，点点头："哟，被你看出来了？我不但是狐狸精，还是九尾狐呢，道行最高的那种。不过你是怎么回事？好好的仙女不当，为什么要下凡？下凡就下凡了，为什么不能好好做个人呢？"

"你——"陶菲菲又被气得快晕过去了。

"你看，人话都不会说。"柯清晨站了起来，往外走去，"我先不陪你玩了。"

她没再看陶菲菲，路过她时，只扔下一句："他再怎么样，也对你好了两年，你可真舍得。"

我有什么舍不得？不过是一个变了心的死渣男。陶菲菲愤怒地抬起头，却没看到舍友眼中认同的神色。大家神色复杂，好像她做了很没良心的事似的。

柯清晨去找黎千远，确实地说，是追过去的。

已经过去了一段时间了，黎千远早已走远了。柯清晨下楼，在楼下找了一圈没看到，就沿着校园大道找。直找了大半个校园，她才终于在前面看到了黎千远垂头丧气的身影。还没走近，就能感受到他的失落，丧得方圆十里皆可见。

柯清晨松了一口气，没急着过去，而是去路边的超市买了瓶冰镇可乐，再晃悠悠地追了过去，拍了下黎千远的肩膀。

黎千远回头，好鲜明的一个五指印，深刻阐释——我是渣男，我被打了。

他这么不光彩的俊脸配上他因为诧异瞪得圆溜溜的眼睛，实在有点儿滑稽。他下意识地想去捂脸，不好意思地问："你怎么来了？"

柯清晨踮起脚尖，把冰可乐按在他通红的脸颊上："我来给你送'肥宅快乐水'。"

说罢，她恨铁不成钢地叹了口气："你就不会躲吗？"

"躲了，她更生气。"

"她是不生气了，我呢？"柯清晨瞪他，半真半假，"我就不会心疼吗？"

黎千远：……

他的脸更红了！

黎千远感动不到三秒，就听到柯清晨自问自答："我当然不心疼。"

话说如此，黎千远笑了，笑得还蛮开心的。他按着冰可乐，小声说："女孩子有什么力气，一点都不疼，真的。"

"关我什么事呢。"柯清晨说着往后退了一步，啧啧道，"她怎么只打一下呢？要是我，肯定左右脸各赏一个，公平公道，还有对称美。"

黎千远一阵无语，他简单地把事情讲了一下，当然，他没那么傻，把陶菲菲诋毁柯清晨的话说出来，就只用"她说了你不好的话"简单带过。当他说到决定不追陶菲菲的那句"这两年，如果有打扰到你，我很抱歉"时，柯清晨插话评价："这句确实挺渣的，难怪你被打。"

他愣了下，虚心请教："那我要怎么说？"

"小爷我不陪你玩了，仙女您去找别的轮胎吧。祝您早日收集七个轮胎，召唤出一个真爱！"

黎千远一时无语，半天才反应过来："会被打得更厉害好不好？！"

两个人都笑了，只是黎千远的笑容有些苦涩。

他看着前方黑漆漆的夜色，喃喃自语："我以为我会感动她……"

他并没有那么傻，陶菲菲若即若离地吊着他，他不是不知道。但他总是想，肯定是他不够好，要是他再努力一下，陶菲菲就能看到他的好，只是没想到最后竟僵成这样。

"难过吗？"柯清晨问。

"有点儿。"因为最难过的时候已经过去了，在楼下看到那盆黑魔术时，他就伤心过一次了。这次反而有点儿该来的终于来了的感觉。黎千远叹了口气："幸好她打了我这一巴掌，我觉得没那么愧疚。"

"这句话又错了！"柯清晨清醒地指出，"女孩子打你一巴掌不是让你好受，是让你难过。她要让你觉得，是你的错，是你对不起她。"

黎千远炸毛了，怒道："你能不能好好说话？我都这么惨了，追了她这么多年，备胎不能转正还被打，你还在那做学术研究？"

总算恢复点平时的精神气了，柯清晨笑了，笑得极不厚道："那怎么办，我给你背首失恋诗，缓解一下你不得所爱还被打的痛苦情绪？"

说着，她真的一本正经地念起诗来："我的所爱在山腰，想去寻她山太高，低头无法泪沾袍。爱人赠我百蝶巾，回她什么：猫头鹰。从此翻脸不理我，不知何故兮使我心惊……"

一首失恋诗，被她念得声情并茂。

黎千远又想炸毛了，但好像也没那么气。

他想起以前的事情，当时陶菲菲在他隔壁班，有很多男生喜欢她，他也经常听到她的名字，但他并不认识她，也没什么兴趣去结交。他那时学业很重，每天光是完成作业就消耗了他大部分的脑力，他完全没有课余生活。

　　认识陶菲菲很偶然。有一天，他和米杨，就是他的发小，一起去学校篮球场打篮球，休息时，黎千远听到那帮男生在商量，说陶菲菲正往这边走，等会儿故意用篮球砸她，好制造相识的机会。

　　黎千远听了就想，万一力道不好，砸伤人家怎么办？这可是学校之光啊。他很看不上手段这样卑劣的男同胞，而且他们的球技这么差！

　　在他们准备砸球时，黎千远手一动，他手中的篮球潇洒地飞了过去，精准地砸中那颗用作"绣球"的篮球。"绣球"被击得拐了个弯，飞到很远的地方去了，黎千远的球却滚落到陶菲菲脚边。

　　"不好意思，手滑，手滑。"黎千远笑嘻嘻地冲那帮男生打招呼，然后跑去捡球。

　　陶菲菲已经把球捡起来递向他，语气清冷："给你。"

　　"谢啦！"黎千远接过，近距离地看了校花一眼，发现校花果然很美！

　　等抱着球回到米杨身边后，黎千远说："咱们的校花很好看啊，难怪会被球砸。"

　　米杨用一种"你这不是废话"的表情看他："她叫陶菲菲，我听说好多人追她！"

　　"原来学校竟有这么多没把心思放在学习上的害群之马。"黎千远对学校的教育表示担忧，突发奇想，"要不，我也去试试？到时候，大家死心了，也能专心学习。"

　　米杨早习惯了黎千远的厚脸皮，拍拍他的肩膀："醒醒吧，大兄弟，人家陶菲菲肯定看不上你。"

　　"不要妄自菲薄，我努力一把，说不定学渣也有春天。"

这一追，就追了两年，追到刚才彻底闹僵。

学渣没有遇到春天，最后还被贴上"渣男"标签，黎千远听着柯清晨念的诗，这胡搅蛮缠的竟有神奇的治愈效果，最后他脑子里就环绕着几个魔性的字——由她去吧，由她去吧……

"归去来兮，得之我幸，失之我命，纵我不往，子宁不来？罢了，罢了。"

柯清晨终于背完诗了，问："安慰到您了吗？"

黎千远：……

他拉起"肥宅快乐水"的拉环，狠狠地灌了一口，仰天长啸："从此，我心如磐石，不为陶菲菲所动，守身如玉，不为陶菲菲染指。"

真是厚脸皮，人家压根没想染指你。柯清晨在心里摇头，果然是笨蛋少年欢乐多，但表面上却竖起了大拇指："好一个回头是岸，弃暗投明！来，我敬你是条汉子！"

她没有肥宅快乐水，只好把脑袋伸过去，跟他的脑袋轻轻碰了下，还模拟了下声音："干杯！Cheers！"

黎千远：……

这么一闹，小可怜黎千远的郁闷终于散了些。

他慢慢地喝可乐，把可乐当成酒，借酒消愁；也当酒一样慢慢品酌，感受着气氛的美好和宁静。

他们坐在学校的长椅上，头上是沙沙作响的柳树，微风徐徐，吹拂在他们身上。夏夜清凉，得回去了，但黎千远却好像有点不想走了。

他看着身边自在地晃着腿的柯清晨，叫她："清晨。"

"嗯？"

"我知道，你说要追我是和菲菲斗气时的气话。现在我和她都闹翻了，你，你……"黎千远莫名地觉得嘴唇有点干，"你还追我吗？"

柯清晨闻言，眼睛亮了起来，她莞尔道："原来你不傻，知道那是气话啊。既然是气话，现在我都出气了，还能当真吗？"

黎千远露出要哭了的表情，比刚才失恋还伤心。他就知道，她在玩弄他！陪他上课，去他宿舍，然后告诉他，一切都是假的，逗他玩呢。

黎千远真是觉得自己好惨！他愤愤不平地说："你们学霸怎么这么喜欢玩弄人！"

陶菲菲把他当"备胎"，柯以寒见到米杨就会失忆，现在又出一个柯清晨，看着小，其实最坏。

柯清晨大言不惭："我不是学霸，我是天才。不要把我和陶菲菲那种普通学生相提并论，谢谢。"

黎千远：……

好气，更想哭了。

但黎千远坚强地忍住了，他吸了吸鼻子，闷声问："你不追我，那……那我可以追你吗？"

柯清晨的眼睛已经不是亮了，她是在发光。她看着黎千远，露出"年轻人，你这个想法很危险"的笑容，语气轻松地说："你确定吗？我很难追的。"

她很体贴地给他说明考题的难度——五颗星，最难攻略的那种。

"陶菲菲呢，顶多是系统刷出来的随机小怪，我不讨厌她，她就是有点这个年纪的虚荣心和小骄傲。她啊，最多是体现某些人性的弱点，其实人还是善良的。

"但我就不一样，我是分分钟让人团灭的大 Boss。我这人没心，有时候发作起来，连人性都没有。而且我作，特别作，作天作地的那种作。"

她说得太像那么一回事，黎千远瞪大眼睛，几乎要信了。

但他知道，她不是。她是会把垃圾桶里的花拣出来种在向阳处的女孩；是会在深夜听母亲哭诉的女孩；是给他送"肥宅快乐水"，陪在他身边笨拙地安慰他的丫头。她是他见过的最聪明也最笨拙，一个很坏也很好，他有点儿心动，很想走进她的人生看一看的小丫头。

黎千远亲切地看着她，那眼神在这凉爽的夏夜显得特别温柔，他笑笑说："没事。我从小到大被夸得最多的就是脾气好，你能作，我就能宠。你作天作地，我就宠天宠地。"

"脾气有多好？"

"你把我的游戏号删了，我还会问你'宝贝为什么生气'的那种。"

对一个游戏迷来说，这真的是很好了，注销游戏号简直就是不共戴天之仇。

"我没事删你游戏号做什么？"柯清晨小声嘀咕，"我才不会删你游戏号。"

黎千远笑："我知道你不会。"

柯清晨也笑，她友好地伸出手，很大方地说："那好吧，恭喜你，你成功地追到我了！"

黎千远有点蒙，毕竟他的人生从来没有这么顺畅过。

他不确定地问："你确定？"

"当然。"柯清晨点点头，眨眨眼，"难道你说追我，是在逗我？"

她故意气呼呼地说："你们学渣怎么这么喜欢玩弄人！"

黎千远：……

他又小心翼翼地问："真的吗？"

"嗯。"柯清晨用力地点头，"你可以来拉下我的手试试，看我会不会把你的手甩开。"

黎千远战战兢兢地握住她的手，很软，在这个炎热的夏天，牵手有点儿热，她的掌心很烫。几乎在他握住她的手的瞬间，她也握住了他的手，然后，十指相缠。

黎千远抬头看她，看到一张洋溢着笑意的脸，柯清晨笑盈盈地说："千远，以后你也是有女朋友的人了。"

"女朋友"这三个字听着真亲密。黎千远很满意，耳朵红了。

柯清晨又说："做我男朋友，有两种。"

谈个恋爱，还有两种模式？黎千远肃然起敬，还是你们学霸会玩，他虚心听着。

柯清晨就开始解释："一种呢，是凡人模式，就是普通的露水姻缘，好聚好散说散就散；另一种是地狱模式，白首不分离。千远，你要选哪种？"

"这两种有什么差别？"

"其实没什么差别，都是谈恋爱。如果要说差别，就是时限，一种是短期的，另一种就是一辈子，还有功能上的差别。普通恋爱就是民间认同的，深度恋爱就是要通过家长验证，最后到民政局官方盖章的。"

这就是要结婚的！

黎千远深深地思考起来，他刚被陶菲菲甩了一巴掌，被大骂渣男。仔细想想他这一晚上的所作所为真的挺渣的，说不定他骨子里还真是个潜在的大渣男。如果自己真是个大渣男，初次正式恋爱就直接谈婚论嫁，是不是太随便，太没责任心了，万一伤害到清晨怎么办？

经过一番深思熟虑和自我反省，黎千远抬起头，郑重地说："我想好了，我选第一种，凡人模式。"

柯清晨的眼里有一闪而过的失落，但很快就变成坦然和接受，她笑了起来："知道我最喜欢你什么吗？就是你从不骗人。你看，你渣也渣得这么赤诚可爱。"

这一晚上，黎千远又被打又被骂，对自己身上的渣男标签已然认命。他不但不生气反而认真地说："白首不分离太难，我们还是先谈一场简简单单的凡人的恋爱。等以后感情深了，再慢慢升级。"

柯清晨点头，笑眯眯地说："那正式认识一下吧。千远，我是柯清晨，现在是你的女朋友了。初次恋爱，请多多指教。"

黎千远笑了，笑得很傻，激动得结巴："我，我是黎千远，也是第一次当别人的男朋友，要是做得不好，你跟我说，我会努力的。"

"没关系，我不介意，都是今生第一次，在一起的日子，我会尽力让你感到快乐的。"柯清晨又说。

"那你难过、不开心，想要人陪伴时，记得你是有男朋友的人，他随叫随到。"黎千远又加了一句，"以后只为你随叫随到。"

柯清晨笑眯眯，很轻柔地点点头："好。"

他们正式确立了男女朋友关系。两人都是今生第一次谈恋爱，都很激动，都不知道要做什么。

于是，他们就又合情合理地抱了一下，听到彼此跳得都不怎么规律的心跳声，又不好意思地分开了。接着，黎千远送柯清晨回宿舍，再不回去，大门要关了！

"明天见。"

"明天见。"

"晚安。"

"晚安。"

黎千远一步三回头地往回走，柯清晨站在楼下目送他离开。那场景很甜蜜，一看就知道，啧，小年轻在谈恋爱。

黎千远走到柯清晨看不到的地方，才深深地吸了一口气，狂奔起来。

他谈恋爱了！和喜欢的女孩谈恋爱了！

他一口气跑回自己的学校，又在操场绕了几圈，透支自己旺盛的精力。他觉得，这注定是个不眠的夜晚。

柯清晨回到宿舍，按她"不善良"的个性，这时候会找陶菲菲麻烦，气她几句。但她觉得，她现在是有男朋友的人，要为男朋友积德，她决定善良一回，于是抱着衣服很乖地去洗澡了。

没一会儿，浴室除了哗啦的水声，还有她轻柔慵懒的歌声。她唱歌确实挺好听，甚至可以说相当悦耳。

她在哼一首老歌，邓丽君的《微风细雨》。小时候，她妈妈抱着她教她唱。就算后来妈妈少有这么温柔的时候，每当她碰上点开心事，就会不由自主地唱起这首歌。

歌是这样唱的——

微风吹着浮云

细雨漫漫飘落大地

淋着我淋着你

淋得世界充满诗意

微风伴着细雨

像我伴着可爱的你

她不是风，他也不是雨。可柯清晨真心觉得，一个可爱的黎千远正在把她糟糕阴郁的世界变得诗意而美好。

洗完澡，柯清晨忍不住做了件恋爱中的小女孩都会做的事。

她发了条朋友圈，只对黎千远可见："谈恋爱了，男朋友特别好的那种！"

此刻，黎千远正坐在桌旁，他对着一屋的单身汉特别随意地说："下次见到柯清晨，记得叫嫂子。"

"为什么？"舍友们一时没反应过来。

"因为我恋爱了！"黎千远大声宣布。终于让他等到这一刻，他忍了一晚上，好不容易可以炫耀了，"我女朋友你们今天刚见过的，柯清晨，没忘吧？那么漂亮的女生你们想忘掉也难……"

他啰唆个没完，舍友们纷纷表示："他眼睛坏了吗？帮我们问问清晨，不，帮我们问问嫂子，她身边还有没有像她那样长得漂亮，但眼神不大好的女孩？我们很需要！"

    黎千远："……只有这家，别无分号。"

    很开心，谈恋爱了，女朋友是很喜欢我的那种！

9 月 15 日

「你要是受了委屈，一定要告诉我。」

——————————「安啦！」

You Are The Best In My Eyes.

护着
你 ——或许你在别人眼中一无是处，却是我眼中的万丈光芒。

我把
种在你心里了吗
太阳
In your heart

Have J Planted The sun
In your heart?

001

第二天，黎千远一大早就跑到柯清晨的宿舍楼下。

柯清晨从宿舍楼下来，一眼就看到蹲守的黎千远，她走过去笑着说："这么早？"

没等黎千远回答，她又调笑一句："怎么，想我了？"

这小丫头还真是不懂矜持为何物，黎千远都不知道要说什么了！

殊不知，柯清晨这句调戏的话说出口，自己也怪不好意思的。但她一向都是内心再不镇定，表面上也很淡定，就抬起无辜纯美的笑脸看着他。

"呃……"黎千远咳了一声，"我来看看你，感觉像做梦一样，太不真实了。"

看到她的新晋男友如此患得患失，柯清晨又笑了，笑得有点坏。她故作苦恼地说："那怎么办，要不我们删档重来一次？我不介意你翻山越岭跋山涉水再追我一次，让你增加真实感。"

黎千远连忙摆手："这就不用了。"

他开始转移话题："吃饭没？我们去吃早餐。"

说着，他抬腿要走，生怕柯清晨心血来潮突发奇想，真的让他再追一次。

柯清晨站着没动，叫他："千远。"

黎千远回过头，看到自家女友伸出一只修长白皙的手，笑意满眸，半是撒娇半是责怪地问："你是不是忘了什么？你女朋友呢？"

那眼睛亮亮的，调皮得很，可眼里只有他一个人。黎千远心一热，走过去拉住她的手。

柯清晨跟着黎千远走，这时候她才表现得像她那个年纪的女孩，娇俏可人，偏偏又要问："现在感觉真实了吗？"

黎千远牵着她的手，又甜蜜又窘迫，只想快点绕开这个话题："真实了，真实了。"

两人吃了成为男女朋友后的第一顿饭，是豆浆油条，很简单但很甜蜜。

黎千远和女朋友走出食堂时，问："中午也一起吃吧？"

柯清晨想了想，他的学校虽然在隔壁，这个天气来回跑也怪热的，便摇头："太热了，晚上吧。"

黎千远听到前半句已经丧起来，听到后半句又喜上眉梢，笑嘻嘻地说："那我来接你。"

"好啊。"柯清晨一口答应，又嘱咐道，"骑自行车来。"

说到这，她又想到什么，看似自言自语，眼睛却盯着他溜溜地转："也不知道我现在能不能搂黎公子的腰呢。"

这是在秋后算账，怪他之前拒绝她。黎千远真是没见过比柯清晨更小心眼的女生了，她看似云淡风轻，其实独占欲很强。

但他很受用，他拍拍胸膛，假装不耐烦地说："你的你的，都是你的，行了吗？"

"那我下午来验货哈！"柯清晨便甜甜地说。

走到理工教学楼，两人便分开了。毕竟都是学生，都要上课，当然以学业为重。

下午，黎千远早早就来了，他刚骑到实验楼，就看到柯清晨站在上次的地方。

等我呢，黎千远心想。他骑了过去，发现柯清晨有点不一样，她穿着一件粉色的连衣裙，长发放下来，还化了淡淡的妆。她极少穿颜色这么少女的衣服，被衬得添了几分甜美。她就这么随意地站着，那情景像一张定格的电影海报。

黎千远准确地停在她面前，问："等很久了吗？"

"没，刚下来。"

"这次没见你二师兄？"

"哦，他还在实验室。我跟他说，我有十万火急的事，先走了。"

黎千远：……

跟男朋友吃饭当然是十万火急的事！

他笑了，看着面前娇俏可人的女孩，这是他女朋友了，他夸了一句："你今天很漂亮啊。"

"为你漂亮。"柯清晨很大方地承认，又笑嘻嘻地问，"我日常生活中第一次化妆，怎样，配得上黎公子吗？"

黎千远心里一甜，其实他今天也是拾掇好再出门的，特地穿得很精神。但他没有回答，只是伸手曲起食指亲昵地刮了下她的鼻梁："你化不化妆都最好看，上来吧。"

"你也是，地主家的傻儿子里数你最帅。"柯清晨礼尚往来，轻巧地跳上后座，手放在他的腰上，还故意问，"可以吗？"

这事到底能不能过去？黎千远要被烦死了，他把她的手拉过来，环住自己的腰："坐好。"

单车便平稳地向前而去，他们的身上落满透过树荫落下来的细碎霞光，迎面是凉爽的风，吹着不知愁的年少笑脸，白衣的他载着穿裙子的她。

黎千远心里美滋滋的，他们这样真的好像在拍青春爱情电影。

既然是青春恋爱电影，当然得青春到底，这次他们没到校外饭馆吃饭，而是到学校食堂。

其实现在的大学食堂挺好的，卫生干净，饭菜种类也多，还经济实惠。两所大学离得这么近，学生们也没少去彼此的食堂，偶尔换换口味。

黎千远轻车熟路地拿着两个食盘去排队打饭，大家都急，就他们有一句没一句地在闲聊。

真是小情侣热恋中，四周都散发着恋爱的酸臭味，而且好巧不巧，他们碰到了 410 寝室的其他三个人。

三个人明显都愣住了，但很快反应过来。陶菲菲的脸一下子黑了，相当不好看，王满满和叶晓枫也显得有几分尴尬。

一时间气氛有些怪异，叶晓枫问了一句："你们这是……在一起了？"

黎千远有些尴尬，柯清晨可没半分不自在。她点了点头，还很体贴地解释："对的，追到手了，你们黎公子是我男朋友了。"

话音刚落，陶菲菲的脸更黑了，她转身就走。其他两个人也很窘迫，讪讪地冲他们点了头，便追了过去。

柯清晨一向称不上合群，她们的反应影响不了她，倒是黎千远看着三人离去的身影，一脸担忧。

"怎么？看到你家菲菲受气了，心疼了？"柯清晨故意打趣。

黎千远无奈地看着她，一本正经地纠正："第一，菲菲不是我家的，以后不要这么说，你不吃醋，我还要生气呢；第二，我不是心疼她，我是担心她们欺负你。"

柯清晨闻言一下子笑了，她满意地看着男朋友，说："你想多了。我这么坏，不主动欺负人，已经是人性之光了，她们欺负不到我的。"

"可你这么小，她们人多势众，又都比你大。"黎千远忧心忡忡。

我男朋友真傻，柯清晨却越看越欢喜，笑道："我这么小，不也在和你谈恋爱？放心吧。"

黎千远还是不放心："清晨，你要是在宿舍受了委屈，一定要和我说。"

"放心啦，走，吃饭去。"柯清晨拉着他去打饭。

话虽如此，等柯清晨回到宿舍，还是发现气氛有点儿怪。没人主动和她打招呼说话，她宛若空气，大家对她视而不见，这场景像极了她被孤立了。

柯清晨在心里笑，原来无论是十岁还是二十岁，大家表达不喜欢和不认可的方式还是一样，把人排斥在外。

柯清晨对宿舍今天的这种氛围并不陌生，可以说，她从小到大，就是这么过来的。她小时候，太过早慧却不掩锋芒，树敌太多，招人厌恶。小孩子不像成人会虚伪掩饰这一套，他们讨厌一个人是很真实直接的。她成绩好受到老师喜欢，他们找不到攻击点，就攻击她的家庭。小孩子的词汇量有限，都是跟大人学的，来来去去就那几句，难听粗俗却有用，起码能伤害当时的柯清晨。

有一阵子，柯清晨被骂得很自卑，觉得抬不起头，她不知道怎么办，能逃离的方式就是拼命读书、跳级，离他们远一点。没想到把自己变成了别人口中的天才，其实她才不是什么天才，她只不过比常人聪明一点，生活所迫罢了。

所以，柯清晨的成长之路并不像别人那样阳光，她也不像普通女孩那么单纯。她百毒不侵，宿舍姑娘们的孤立根本伤害不到她。她还落个清静，能多看一会儿书。

就是黎千远还在微信上问："怎么样，她们没欺负你吧？"

柯清晨勾唇浅笑，十指飞快："有啊，有啊，她们凌辱我，欺压我，黎大侠要来救我吗？"

黎二傻："……严肃点，我是认真的！"

清晨："我也是认真的，放心啦，我很好，她们对我很友好。"

她心血来潮，又问："如果她们真的孤立我，你要怎么办？"

黎千远倒是很有想法："用美食收买她们，用金钱腐朽她们，用爱感化她们。"

两人你来我往，柯清晨嘴角的笑就没停过，那种恋爱的酸臭味又来了。

她的笑容很甜，沉浸在爱情中，她觉得和黎千远谈恋爱真是件很有意思的事。

但同一个屋檐下的陶菲菲就没那么舒服，柯清晨没看她一眼，她倒是关注了她一个晚上，心里充满着各种说不清道不明的情绪。黎千远这只鸡肋，大概真的弃之可惜，食之无味。不对，她没尝过，柯清晨倒是吃得津津有味。

这点成功地惹怒了陶菲菲，本来是她的盘中餐，她还爱吃不吃，结果一眨眼，对方和柯清晨双宿双飞了。

渣男渣女！陶菲菲想，满心的不悦。在柯清晨终于放下手机起身去洗手间路过她时，她忍不住阴阳怪气地冒出一句："我不要的东西，也就你垃圾回收，拿来当宝。"

柯清晨站定，看了一眼坐着不动的陶菲菲，她倒不意外陶菲菲会挑衅，但她不喜欢那个词，黎千远才不是垃圾。

她微微一笑，反驳她："你错了，我没当他是垃圾。"

这话一出口，躲在床上的王满满、叶晓枫都伸出脑袋，连陶菲菲也抬头看她一眼，不知道她什么意思。

柯清晨继续笑，还是那玩世不恭的样子："我把他当宝藏。"

宿舍的气氛变得微妙了，少了刚才的凝重，终于添了几分人气。

一时间，陶菲非被堵得说不出话来，柯清晨却不打算放过她，继续笑眯眯地问："你现在是不是很不甘心，觉得我抢了你的东西？还是你突然觉得黎千远也有可取之处，配当你的男朋友了？"

"没关系，"柯清晨继续用气死人不偿命的语气说，"你要是不甘心，我不介意，欢迎你随时把他抢回去。我这人和你不一样，知书达礼也很大方，还很有竞争意识。男女恋爱，自由上岗，能者上位。你要是能抢走，我不会骂你抢男人，只会自叹不如，甘拜下风。"

被这一波连讽带嘲的，陶菲菲气得脸一阵红一阵白。

"不过，"柯清晨顿了下，保持着得体的笑容，"我觉得我的人，你抢不走。"

陶菲菲快要被气哭了，她忍无可忍吼了一句："谁稀罕了！"

"哦，那可惜了。黎千远真挺好的。"

柯清晨松了一口气似的耸耸肩，去洗手间了，留下生气的陶菲菲，还有当了一晚上"吃瓜群众"的王满满和叶晓枫。她俩连出气都不敢，不由自主地拿出手机，给黎千远发微信：*你家柯清晨好吓人！太凶残了！*

黎千远还担心她们欺负她，结果就看到陶菲菲被吊打。

殊不知道，柯清晨只不过想陶菲菲记住——

黎千远才不是她口中的垃圾。

002

第二天，黎千远来找柯清晨吃饭，他掩饰不住内心的欢喜问："听说你把我当宝藏？"

柯清晨一听就乐了，问："你有新卧底了？"

"你错了，"黎千远煞有其事地纠正，"不是新的，她们一直都是我的卧底。"

柯清晨竖起大拇指："黎公子好手笔。"

感觉她并不是真的夸自己，但黎千远不和她计较，又美滋滋地追问：

"那……我到底是不是你的宝藏？"

这没出息的样子，护他一句，他马上就上天了。柯清晨白了他一眼，漫不经心地说道："女人争风吃醋的话你也信？我昨晚说的话就跟你们男人汗流浃背时说的话一样，都是花言巧语。"

什么叫汗流浃背时……黎千远的脸没出息地红了，他不满地嚷嚷了一句："我就知道是气话，不能信！柯清晨的嘴，骗人的鬼！"

柯清晨便回他："黎千远的心，二氧化硅。"

"什么意思？"

"玻璃心，脆弱美丽，得时刻捧着，一不小心就碎。"

黎千远：……

他满脸写着不高兴！

"不高兴啊？"柯清晨问，又笑眯眯地说，"那我换个说法。"

她看着他的眼睛认真地说："黎千远的心，像水晶，透明纯粹，单纯毫无杂质，闪闪发光。"

黎千远被她看得心里一热，嘴上却说："花言巧语。"

"哎，被看穿了。"柯清晨作惋惜状。

黎千远：……

两人吃完一顿饭，简直像讲完了一段相声。

吃完饭，黎千远终于想起正事，跟柯清晨提议，他要请大家吃饭，宣布他们在一起了。让她叫上舍友和二师兄，他叫上宿舍的兄弟，大家一起吃顿饭认识一下。

柯清晨答应了，男朋友好不容易谈个恋爱想秀一下，当然得满足他。其实她心里清楚，黎千远的这顿饭是醉翁之意不在酒，想给她和宿舍的姑娘们彼此一个台阶，不想她在宿舍住得不愉快，怕她被排挤。

他真的很怕她不开心，柯清晨没说什么，心里却暖暖的。她在群里说了一声，等回到宿舍后，她又郑重其事地邀请了王满满和叶晓枫。至于陶菲菲，算了，还是不要给她添堵了。

柯清晨尽心尽力地完成男朋友交代的任务，其实她早已不是当时那个被骂而不知所措的小女孩了。她已经长大了，把当初嘲笑她的小同学都远远地甩在身后；她也变得强大了，强大到能做一个不合群的人。她对所谓的一团和气嗤之以鼻，这些在她眼里都是无用社交，但是她舍不得伤了黎千远为她着想的心和善意。

他的男朋友虽是个俗人，却对她很好。爱是相互的，他对她好，她也要对他好。

但宿舍姑娘们肯不肯来，柯清晨就不敢保证了。

出乎柯清晨意料的是，到了吃饭那天，王满满和叶晓枫都来了。特别是叶晓枫，她可是陶菲菲的闺蜜，在宿舍里，她和陶菲菲最好。

看来黎千远这两年的追女神行动没得到女神的芳心，却深得人心，宿舍的姑娘都很给他面子。不过到底是一顿和解餐，再加上黎千远的舍友和她们也是初见，刚开始气氛还真有点沉闷。

柯清晨不是热络的人，正愁着怎么调动气氛，恰好二师兄来了。她的二师兄作为科研界的奇葩，今天来参加这种无用社交，已经非常给面子了，平时这放在他眼里，都是浪费生命。

二师兄坐下来，便听到黎千远眉飞色舞地宣布，他告别单身了，和柯清晨在谈恋爱。

"你们真的在一起了？"二师兄问。

黎千远点头，二师兄感叹："上一次只觉得你年纪轻轻眼睛就坏了，命不好。没想到你连脑子都不大好，竟这么想不开要和柯清晨谈恋爱。"

在场的人：……

没等这对小情侣反驳，二师兄便注意到席上的另外两个女孩，就问："你们是清晨的新舍友？"

王满满和叶晓枫忙点头，便见二师兄很同情地看着她们："那你们受苦了。"

在场的人：……

接着，二师兄的视线又落在了黎千远的舍友身上："你们都是黎千远的舍友了？"

舍友们点头，二师兄感叹："难怪在你们身上都能看到一种纨绔之气。"

在场的人又是一阵无语。

柯清晨给二师兄倒了一杯饮料："求求你了，二师兄，做个人吧。"

"请不要叫我二师兄，谢谢。"

"好的，二师兄。"

不是柯清晨叫他二师兄，是所有人都叫他二师兄。

二师兄：……

他不跟他们计较，他继续扎黎千远的心："你们在一起了，要请我们吃饭；改天分手了，是不是还要请我们吃饭？要不，今天就连散伙饭一块吃了，分手就别叫我了，我挺忙的。自从柯清晨和你谈恋爱后天天有十万火急的事，心思都不在实验室。这样吧，你们吃完这顿饭，找个理由赶紧分手吧。"

在场的人：……

气氛竟在二师兄的搅和下莫名其妙地热烈起来。和二师兄比，在场的诸位凡夫俗子简直都是天使。他们看着彼此，都觉得大家特别和蔼可亲，于是纷纷跟坐在身边的人搭讪找话题，不让二师兄注意到自己，更不想让他开口说话。

二师兄看着这一团和气，默默感叹：世人皆醉我独醒，人生果然是一场孤独的修行，他想回实验室。

这一顿饭吃下来，竟然非常地和谐，气氛也很热烈。

聚餐结束后，黎千远和宿舍的兄弟回农大，柯清晨和宿舍的姐妹回航大。大家一路难得的有说有笑，黎千远这招还蛮有用，这热热闹闹的一顿饭下来，三个人都亲近不少。

王满满仍心有余悸，问："你们天才都这样吗？"

"没有，只是二师兄比较直接，他在我们那里也是个怪人。"

"他找得到女朋友吗？"

"我觉得他应该找不到。"

两人心照不宣地笑了起来，柯清晨还故意问："你要加他好友吗？我有他微信。"

"不用，谢谢。"王满满一口拒绝，"虽然他长得很帅，但我不想崩溃。"

两人便又笑了起来，很像这个年纪的女孩，没有城府，不知忧愁，倒是和她们并肩走着的叶晓枫显得有些沉默。

宿舍的四个女孩性格都各不相同：陶菲菲骄傲，柯清晨张扬，王满满单纯，叶晓枫内敛，四人当中倒是叶晓枫最为稳重识大体。走到宿舍楼下时，王满满走在前边，叶晓枫和柯清晨似乎有意无意地落在王满满的身后。

柯清晨诚心道谢："谢谢你今天肯来。"

"我不是因为你。"叶晓枫有点挑衅地说了一句。

"我知道，但还是谢谢你。"

她是真心的，叶晓枫没再说什么，只是轻声说了句"好好对他"，嗓音很小，几乎听不见。

也不知道叶晓枫有没有听到，柯清晨难得严肃地说："不要把期待放在别人身上，想要什么就自己去拿，想给他什么就自己去给。"

这声音不大不小，刚好能让叶晓枫听到，又不会引起王满满的注意。叶晓枫愣住了，看着柯清晨的眼神很复杂，难过里有不甘心，也有释怀。

她似乎想说什么，最后只没头没脑地说了一句："你比她好。"

"你们在说什么？"前头的王满满又跑了回来，"哎，我刚想到菲菲，有些害怕，她会不会很生气。"

陶菲菲确实很生气，一看到她们三个一起进来，她站起来，脸一下子涨得通红，难以置信地看着王满满和叶晓枫，眼里全是指责，就好像她们背叛了她一样。她正要说什么，叶晓枫走了过去，挽着她的手臂，把她拉到走廊说话去了。

两个人再回来是一个小时后，也不知道她们说了什么，陶菲菲没再找柯清晨的麻烦。

柯清晨没在意，她在想叶晓枫的那句"你比她好"，她真的比陶菲菲好吗？

陶菲菲只是有点虚荣，可是自己又能给黎千远带来什么呢？

希望不要是痛苦，她不想伤害他。

003

不得不说，黎千远的这顿饭还是很有用的。

陶菲菲虽然对柯清晨没有好脸色，但没再主动挑衅，只偶尔阴阳怪气地来一句冷嘲热讽。柯清晨没在意，和她保持着井水不犯河水的状态，只专注于自己的学习和恋爱。

不得不说，和黎千远谈恋爱真是件很美好的事。虽然他们也没做什么，就只是一起吃吃饭，你跑跑我的学校，我跑跑你的学校，一起看电影、玩游戏、去图书馆。但因为喜欢的人在身边，她觉得有种别样的美好。

至于黎千远，为了配得上学霸女朋友，他开始努力锻炼和学习。以前他觉得那些专业书枯燥又无聊，一看就犯困。现在要是犯困了，他就看看身边的小女友，立马就精神了，因此精神面貌和专业素质都得到了全面的提升。连宿舍的兄弟们都说他画风突变，跟学霸谈恋爱果然不一样！

黎千远微微一笑，深藏功与名，说："请不要把我女朋友和那些普通学霸等同起来，她是天才。"

就这样一晃大半学期过去了，两个人也甜甜蜜蜜地在一起有一阵子。

他们也吵过架，斗过嘴，不过一般都是柯清晨吊打黎千远，但黎千远也乐在其中就是了。

他没再和陶菲菲联系过，关于柯清晨和其他男人暧昧不清的传言，黎千远也抛之脑后，没当一回事。有几次他也碰到看似可疑的情况：柯清晨接到电话，没说两句就挂了，手机里传来的是个男声，那号码也是个陌生号码。黎千远问过，柯清晨明显不想说，他也就不再问了。

当然最重要的是，黎千远知道柯清晨不是陶菲菲口中的那种拜金女。她确实有点坏，说话很大胆，但黎千远知道，他的女朋友好得很。和柯清晨在一起的日子，他很快乐，再微小日常的事，只要柯清晨在，他就会不由自主地期待。

这天，黎千远下课后正准备去找柯清晨吃饭，手机响了，是许久没联系的陶菲菲发来的信息。

一张照片，照片上柯清晨和一个陌生的中年男人在校门口拉扯，他们身边还有辆车，车牌号是特别好记的 666。

黎千远眉头一皱，发了个问号过去。

陶菲菲很快就回了："你不要想太多，我不是要破坏你们。只是想告诉你，我没说谎，我之前说的话，也不是捕风捉影。至于怎么想，交给你自己判断。毕竟校友一场，我也不想你被骗。"

黎千远不喜欢她这样说柯清晨，柯清晨是他的女朋友，她就算真的和别人有暧昧，也轮不到别人来指手画脚。他回了过去："谢谢你的好意，不过我觉得你想多了，这个人可能是清晨的长辈。还有，我之前不是说你捕风捉影，我的意思是在不了解真相之前，不要乱下结论，更不要以讹传讹。这次的照片也一样，不了解，就不要评论。"

"随便你"。陶菲菲发来三个毫无感情的字。

黎千远也不在意，随手把手机揣进兜里就骑上单车去航大找柯清晨。

刚到航大的校门口，他就看到柯清晨站在路边，一副很着急的样子。他跑了过去，问："怎么了？"

柯清晨看起来很不安也很急躁，一点都没有平时的镇定自若。看到黎千远，她急匆匆地说："千远，你来得正好，快去把车开来，我要去高铁站。"

没等黎千远说话，她又摇头："算了，来不及了，我还是打车吧。"

黎千远被她慌乱的样子搞得有点蒙，忍不住问："你要去哪里，怎么这么急？"

"我……我有事。"柯清晨吞吞吐吐，根本没心思回他，眼睛一直盯着过往的车辆。

有什么不能说的，难道她真有事瞒着他？黎千远脑子一热，想起刚才陶菲菲发给他的照片，忍不住脱口而出："怎么了？跟那个男人有关？"

"什么男人？"柯清晨明显一愣，但很快反应过来。想到些什么，她的眼里闪过一丝痛苦，本来就焦虑的脸色一冷，面无表情地问："你为什么这么问，是有人跟你说了什么吗？他们怎么说我的，说我跟男人拉扯不清？"

"没，没有。"黎千远问完就后悔了，恨不得抽自己一个大嘴巴子。他生硬地转移话题，"高峰时段不好打车，你等下，我去把车开过来。"

"不用了，我不需要了。"柯清晨冷漠地说，平时一张生动的脸此时冷冰冰的，看不出情绪。

"我——"黎千远想说什么，柯清晨已经走开了，拒绝再交流的样子，满脸写着不安与惶恐，可背影却透露着倔强。

他不信她，她也就什么都不跟他说。这就是柯清晨，你若投之以桃，她会报之以李，你要是不信任她，她也不屑解释。在一起有一阵子了，他应该懂她的。而他刚才那句没头没脑的话明显伤到她了。黎千远心里万分懊悔，这还是他们第一次闹得这么不愉快。他心里很慌，但看她这么急，也来不及解释，只能回农大开车。等他把车开过来，门口却早已不见了柯清晨的身影。

到底出了什么事？这一点都不像平时的她，黎千远的心里除了后悔更多的是担忧。他想也没想，油门一踩，就把车驶向高铁站。

去高铁站的路上，黎千远给柯清晨打了个电话，不出意外地被她挂掉了。

看她真的生气了，黎千远便没再打了。到了高铁站，他才发现不知道要去哪里找她，而高铁站这么大，有这么多的入口。黎千远没办法，只能一个入口一个入口地找过去。他运气不错，还真让他找到了，柯清晨正坐在椅子上，呆呆地抬头看上面的告示牌，咬着唇，一副六神无主的样子。

黎千远松了口气，他真是给自己找了个祖宗，一点就爆。他走了过去，心却揪起了，他发现座位上的柯清晨在发抖。

她什么时候这样过？一直以来，她都是游刃有余。黎千远心一疼，坐到她身边，柔声问："到底怎么了？"

柯清晨看到他，眼底有掩饰不住的惊喜，但表现得还是满脸不高兴，干巴巴地问："你来做什么？"

黎千远没回答她，只亮出手中的车票，那是他刚买的。她在这里坐着，肯定是要去这个地方，他轻声说："我来陪你。"

柯清晨看着他手里的车票，内心有些动容，却闷闷地说："我们刚刚吵架了。"

"是啊，我们吵架了。"黎千远点头，又去牵她的手，"但我们又和好了。你看，我们握手言和了。"

说着，他牵着她的手，和她十指交缠。她果然在发抖，手心又冰又凉。

黎千远握着她的手，一点一点地温暖着她。

温度顺着掌心往上攀爬，终于缓慢地爬到柯清晨因为恐惧而变得迟钝的神经。她愣愣地看着他，半晌才冒出一句："千远，你能抱抱我吗？我害怕。"

黎千远没有回答，他伸手用力地抱住她，把自己的体温传给她。

柯清晨终于恢复了平日的一点精神气，说："对不起，我刚才吼你了，你突然那样问我，让我想起一些不好的事。"

小时候，那些孤立排斥她的同学也是这样问她的。

"柯清晨，你妈妈是做什么的？"

"我妈说在酒吧上班的女人都不是什么好东西。"

那么天真的语气，那么无辜的一张张脸，背着书包的柯清晨被围攻，她低着头握紧拳头，却说不出一句话。她恨，恨他们说话太难听；更恨自己嘴笨，除了读书什么都不会。

所以黎千远刚才那句"跟那个男人有关吗"的话一问出来，柯清晨就炸了。这句话把她内心的阴暗全部炸开了，她对他真的很差很恶劣，她把小时候的无能发泄在了黎千远身上。

黎千远轻轻地拍她的后背："是我太冒失了，不该那样问你。"

他把照片的事简单地说了下，他错了，他其实根本不用多想，而是应该直接把照片发给清晨，问她就好了，他们之间不需要拐弯抹角。

柯清晨这时也回过神了，决定敞开心扉，说："那个男人是我爸。"

"你爸？"黎千远震惊得放开柯清晨，搞了半天，他竟然在吃未来岳父的醋？

"嗯。"柯清晨点头，脸上带着掩饰不住的讽刺，"如果可以，我也不想用这么神圣的称呼叫他，但没办法，他确实是我爸。"

"那你们——"

"我们关系不好，因为他这个人不行。"柯清晨还是那样冷漠的语气，她问，"你还记得我之前跟你说过我父母在闹离婚的事吗？"

黎千远点头，柯清晨又说："他今天来告诉我，他要和他的新女友结婚了，叫我劝劝我妈。"

黎千远听得瞠目结舌，想起手机上她妈妈那一条接一条的信息，全是哭诉和抱怨。他张了张口："你妈……"

他终于明白了，明白她今天为什么这么着急，这么害怕，她是在担心她的母亲。

柯清晨点了点头，痛苦地闭上眼睛，又睁开："千远，我真的很害怕。"

"害怕意外。"她又无力地加了一句。

意外是这世上最可怕的事。

爱上一个人可能是场意外，离开这个世界也可以是一场意外。

柯清晨在生父柯荣告知他要结婚了的那一刻，她的第一反应不是去骂他，而是害怕，害怕她突然接到一通电话，告诉她："您的母亲因为一场意外去世了。"

这场意外可能是一场交通事故，也可能是一场溺水。柯清晨相信，她的妈妈李春君做得来。她妈妈是个真爱至上、浪漫至死的人，要是知道柯荣再婚，她肯定会崩溃。

她害怕，虽然她总是怪妈妈把自己困在失败的感情里总也走不出来，可她不想没有妈妈。

她是她在这个世界上唯一能够抱着取暖的人，她的人生不能再暗下

漫娱图书 SINCE 2006

人气作家茶茶好萌 第二弹

纯欲风姐弟恋治愈之作

池焰

池瑶 ▽ 冷颜飒系医生姐姐
江焰 ♫ 炽热心机大学生弟弟

他就像火一样照亮了池水，
让黑夜如白昼，张狂肆意；
让池水起波澜，燎燃不息。

即将上市·敬请期待

番外

FAN

WAI

Outside

麦九

FANWAI

他又甜又野

粉丝们很莫名，黎千远却不再说了，把话题转移到自育品种上。

这可是他专门为柯清晨培育的花，用她的名字命名，然后送给她。他给了她一个独一无二谁也无法复制的礼物，一百年以后，没人会记得黎千远和柯清晨，但永远有人会种一种叫"初春的清晨"的花。他送了她一个永远不会消亡的礼物，另一种永恒。

而此时，柯清晨正在寄快递，她改了遗嘱，这个听起来就不吉利的事她却从不避讳，还把遗嘱开发出其他功能，之前是情书，这次成了家书。

她说——

孩子们，如果有一天我比你爸先走了，请好好照顾我的老头。如果我们都走了，我们的所有都归你们，其他一切都从简，不必大办，也不必伤心。现在的我相信，往后余生，我和黎千远都会很幸福。短短一生，能有千远相伴，已经足够。

我们走后，你们要继续好好生活。只需清明时节来看看我们，带上一束花就行了，花的名字是初春的清晨。这是你们的爸爸送给我的，我很喜欢。

柯清晨把遗嘱寄出去，她去收拾行李，把那把黑伞留下，这以后就是他们的传家宝了，她也把结婚证放了进去，她现在是有家室的人了。

她的先生叫黎千远，是她的爱人。

一个月到期，黎千远追妻成功，送妻子去入职。

接下来的几年，他一直往返于五音市和柯清晨上班的地方，后来，他真的在沙漠种起了树，还种得风生水起。

再后来，某次卫星发射现场，柯清晨真的是那个接受记者采访的科学家，去了。

004

黎千远陪着柯清晨回了安城，柯清晨的老家。

一路上，柯清晨都在给她的妈妈李春君打电话，她不接，她只好给她发微信，一条接一条，像极了之前李春君轰炸她微信的样子。她哽咽无助地劝她妈妈不要再为柯荣伤心了，不要做傻事。

"妈，你还有我，你想想我，为我想想。"

"你回我一句，跟我说句话，就一句，行吗？"

……

李春君没有回她，一个字都没有。柯清晨无能为力，她强忍着难过，继续联系母亲。

黎千远没有看过这样的柯清晨，她脆弱无助，临近崩溃。这一刻，那个伶牙俐齿的天才少女不见了，在他面前的只有一个被原生家庭折磨得心力交瘁的小女孩。原来谁都有想哭的时候，黎千远想，心里除了心疼还有难过。他们有这么好的女儿，聪明努力又漂亮，为什么都不好好爱她？家应该是温暖的，可她的家是战场，父母打架，孩子遭殃。

下了高铁，他们直接去了柯清晨的家，但在家里没找到人。

柯清晨的家境果然很好，她的家在安城高档小区的一个独幢别墅里，装潢也是极尽奢华，但太奢侈了，像是用很多华丽浮夸的家具堆砌出的一个虚假的影像，没有一丝寻常人家的温馨。

在家里没找到人，柯清晨又去了她妈妈常去的地方找，还是没找到人。

街上人来人往，川流不息，没有人会注意这无头苍蝇般的两人。柯清晨咬了咬牙说："去安水河。"

安水河是安城的母亲河，它横穿整座安城，把城市一分为二。河面宽而阔，站在高架桥上，一眼看不见河的尽头。

两个人便沿着一眼望不到尽头的河岸线找。柯清晨脸色苍白，却没有停下来，她真是个很坚毅的人，就算脑子里全是不好的想法，被恐惧和害怕占满，却还是一步也不迟疑，她要找到她妈妈。

还真让他们找到了，李春君就在安水河的高架桥下。她已经脱了鞋，坐在石墩上，水没过小腿，她的裙子早被水浸湿了，裙摆被水冲得一荡一荡。她穿着一身白色的长裙，就像一只孤独的白鸟，随时准备振翅飞走。

也不知道李春君坐在这里多久了，想了多少事。她回过头来看他们，神色竟是平静的，只是脸上带着掩饰不住的泪渍，她的声音很平和，轻轻地叫女儿的名字："清晨，我刚才差点从这里跳下去。"

她就这样无波无澜地抛出一句，又说："不过我又想到你，想到我的女儿，她还这么小，我不能让她一个人活在这世上，变成一个没爹疼又没娘爱的孤儿。清晨，妈妈对不起你，没能给你一个幸福的家。"

"妈，不是你的错。"柯清晨哽咽着回答。

她没再说话，上前一步，一把抱住她的母亲。

母女俩静静地抱在一起，像两个相依为命的人。

黎千远站在一旁，紧绷的神经终于放松了，看柯清晨那么着急，他也无法安心。他好奇地看柯清晨的母亲，柯清晨的好相貌明显是遗传妈妈的美貌，母女俩长得很美，都是五官明艳精致，只是气质却完全不同。柯清晨是嬉笑怒骂张扬自在，自带一种不服输的野性，很坚韧很理智。李春君却完全相反，她的美是烟雨江南，水汽氤氲，美则美矣，却像易碎的艺术品，充满着脆弱、不安和忧愁。她始终想不开，悟不开，像个幽魂一样徘徊在失败的婚姻里。她的前夫都要再婚了，她还在闹轻生，让女儿为她担惊受怕。

但此时此刻，谁敢怪她？她没纵身一跃，黎千远已经感激不尽，这长长的河岸线走来，他生怕看到什么不好的场面。

"妈，我们先回家吧。"柯清晨让李春君从石墩上下来。李春君这才注意到黎千远，转头用眼神询问女儿，柯清晨笑了笑："这是千远，我男朋友。妈，我交男朋友了。"

"阿姨好。"黎千远赶紧上前打招呼。

"我女儿也交男朋友了，"李春君笑了笑，有些羞赧地说，"第一次见面竟是这样，不好意思，让你看笑话了，今天太不体面了。"

"怎么会。"黎千远连连摆手，"心情不好，出来走一走散散心很正常。我以前也经常一不高兴，就离家出走。"

他丝毫不提刚才的事，李春君也顺着台阶下，像是长辈在问调皮的孩子："是吗？你为什么离家出走。"

"我妈扣我零花钱。"黎千远挠挠脑袋，不好意思地说。

几句话便把这不体面的初次见面给圆过去了，柯清晨看了黎千远一眼，眼里有感激。

柯清晨带母亲回到了那栋华贵奢侈的建筑物。

一回到家，柯清晨就叫黎千远自便，她带李春君去卧室换衣服。也不知道母女俩说了什么，等柯清晨再走出房间时，已经很晚了。

黎千远初来乍到，也不好意思用人家的厨房，再加上他本身也不会做饭，只好胡乱点了几样外卖放在餐厅，老老实实地坐在客厅等，连电视都不敢开。一见到柯清晨出来，他就站了起来，不安地走过去，轻声问："怎么样？"

"睡了。"柯清晨看起来很累，比她在实验室连熬三个通宵还疲倦，"我跟她说了很多，为了我，她应该不会再想不开了。"

黎千远点头，指了指餐厅的粥："我叫了外卖，让阿姨也吃点？"

"不用了，好不容易睡了。"柯清晨摇头。

"那你过来吃点。"

柯清晨点头坐了下来，两个人安静地喝粥。吃着吃着，柯清晨突然抬头，叫他的名字："千远。"

黎千远抬头，听到她又说："你坐过来一些。"黎千远刚坐过去一点，下一秒感到肩头一重，柯清晨趴在他的肩上，小声地抽泣起来，她也不敢哭得太大声，就小声地哭着。她太害怕了，从中午到现在都是在强装镇定，因为她知道她妈妈是个脆弱、有点神经质的天真女人，她不能倒。她要是倒了，妈妈也就倒了。

现在她一放松，就崩了，她才不到二十岁，为什么要经历这些？柯荣有什么立场要求她去劝妈妈接受他再婚，让她不要闹？妈妈呢，怎么忍心让她走在连绵不绝的安水河岸边一寸一寸地找她？她想像别的女孩那样活得无忧无虑，而不是在这破碎的家庭里，装作坚强懂事，无所不能，好像她就该如此。

"我害怕，我真的很害怕。"柯清晨泣不成声，哭得很委屈。

黎千远把她搂在怀里，轻声说："我知道，我都知道。"

"都是成年人，为什么他们做事情之前不为我想想？"

"是他们不好，不是你的错。"

黎千远安慰着她，无比庆幸自己追了过来，可以在她身边一直陪着她。

柯清晨哭够了之后，跟他讲她家里的故事。

有句话是这样说的，幸福的人都是相似的，不幸的人各有各的不幸，李春君的不幸在于她遇上了柯清晨的生父柯荣。

没遇见柯荣前，李春君是个歌手，家境谈不上多好但也不差，被宠着无忧无虑地长到成年。她为人单纯，想法天真，之前只为一件事困扰，就是怎么实现唱歌的梦想。她真的很爱唱歌，为唱歌不顾一切。可惜她的才华有限，在唱歌方面得到的最大的鼓励就是年轻时参加青歌赛拿了第二名。

她的父母叫她放弃，回去好好上班，不要再想这些不切实际的事情。

但李青君不愿，她真的很爱唱歌，只要能唱，在哪儿唱，唱给谁听，她都无所谓。只是这第二名给了李春君荣耀和希望，也成了她事业的制高点，从此停滞不前。就这样，李青君唱了几年，没红起来，反而越唱越不入流了。

认识柯荣那年，她在酒吧里唱歌。比起她的歌声，酒吧里的男人对她更有兴趣。男人千金买酒只为她一笑，李春君却觉得她只是来唱歌的，她拒绝一切不合理的要求。他们起了冲突，在冲突中，酒吧的保安保护了李春君，这就是柯荣。

李春君很感动，觉得柯荣是个好人，而且柯荣长得风度翩翩，很会说话。她和柯荣在一起了，不仅不嫌弃他没钱，还和他结婚。父母当然不同意女儿嫁给一个这样的男人，放了狠话：要和他在一起，他们就断绝关系。

李春君虽然脾气好，性格也软，骨子里却异常倔强。她认定了就认定了，说不回头就不回头。她唱歌是这样，对待爱情也是这样，认定了柯荣，就坚定地要和他在一起。

他们结婚时什么都没有，也没有人祝福，但李春君并不介意。

事实证明，父母的眼光还是毒辣的，看出柯荣不是良人。一开始柯荣确实对李春君很好，也曾积极出去找工作，可惜很快就暴露了本性。他每次工作的时间都不长，不是别人开了他，就是他不干了，总是找这样或那样的理由。李春君也渐渐看出来柯荣并非有正义感，他只是爱闹事，爱管闲事，是懒。

可惜看出来又能怎样？这时候李春君已经有了柯清晨，而且柯荣别的不行，哄人却很在行，甜言蜜语张嘴就来，还很积极认错。每次小两口一吵架，他都能把她哄回来。后来李春君也认了，睁一只眼闭一只眼。他好吃懒做，她就出去唱歌赚钱。她的思想很传统，又浪漫至死，奉行从一而终，一条道走到黑，不知道什么叫及时止损。

况且她有爱情，她是真的很喜欢柯荣。女人年轻时总是很傻，以为爱情就是一切，爱情无所不能，以为有一天他会改，他会变。

就这样日子一天天地过，李春君唱着歌，养着柯荣，也养着女儿。

"我是在一个早晨出生的，我本来叫'倾辰'，我妈取的，意思是她愿意为我倾尽全力摘星辰，给我所有美好。但我爸不愿意，他觉得这个名字不正经，听着轻浮，入户口时改成了清晨，说读着也差不多，而且贱名好养。

"我妈有些失望，但已经入了户口，也没办法。我爸那时候就已经开始嫌我妈在酒吧唱歌上不了台面，不正经。

"他就是这样一个人，明明靠我妈唱歌养着，却还有脸嫌弃我妈。他对我也不好，宁愿逗别人家的小孩玩也不搭理我，就好像我不是他的亲生女儿。

"好在我还有我妈，我妈对我很好，她知道我爸靠不住，去酒吧唱歌都带着我，我在后台做作业，她在唱歌。她还把赚的钱都花在我身上，给我报很多班，钢琴、声乐一样不落。你知道的，学艺术都特别贵，我妈花起来毫不心疼，我爸却很有意见。他觉得女儿嘛，早晚是别人的，随便养活就行了，用不着这样富养，我妈却不同意，两人经常为了这个吵架。

"我十二岁那年，我妈一个老歌迷来听她唱歌。那是个做房地产的叔叔，家业很大，在我妈的牵线下，我爸认识了那个叔叔。叔叔很喜欢听我妈唱歌，他有心帮忙，把手下一个项目拨给我爸去做。我爸没经济没财力，但脑子还算机灵，他转手把项目包给第三方公司，靠着拿差价赚了第一桶金。就这样，我爸的生意做起来了，成了有头有脸的企业家。

"我和我妈很高兴，以为我们的好日子终于到了，没想到，接下来才是噩梦的开始。"

"我爸发达起来的那年，他跟我妈说了实话，他当年之所以流落到去酒吧做保安，是因为在老家跑路躲债，他在老家早已结婚生子，儿子就比我大三岁。

"我妈崩溃了，想不到做了十多年的夫妻，她莫名其妙地变成了第三者，我变成私生女。我妈接受不了，和我爸吵，和他闹，可我爸无所谓。他有钱了，腰杆子硬了，说话对我妈都是用吼的，甚至还要跟她闹离婚，说她配不上他了。

"我也是在这个时候猛然清醒过来，本来报了个与艺术相关的专业，但我把志愿改了，因为我想当个受人尊重的工程师或科学家，没有人会觉得研究飞行器的职业上不了台面。

"这时候我妈也变了，变得歇斯底里，变得一点就炸。可即使如此，她依旧不愿意放手。刚开始我还会陪着我妈难过，到后面我只剩下怨气，怨他们为什么要让我看到男女之间最丑陋不堪的模样。

"有这样的父母，有这样的家庭，我怎么敢相信男人，相信爱情，相信所谓的幸福？"说到这里，柯清晨惨然一笑，眼里流露出从来没有出现过的黑暗和绝望。

这是和平时一点都不一样的柯清晨，她偏激、怨恨、不相信别人。她不再伶牙俐齿，不再笑嘻嘻的，可这也是她，真实的她。

黎千远触摸到柯清晨的另一面，真实阴暗的一面。他终于明白为什么当时在一起，柯清晨会给他两个选项，一个好聚好散，一个白首不分离。因为骨子里，她并不相信爱情。

黎千远看着面前陌生又熟悉的恋人，心情五味杂陈，想安慰她，又觉得任何语言都苍白无力，他只能伸手用力地抱住柯清晨，擦干她未干的泪渍，轻声说："都过去了，你做得很好，不是你的错。"

柯清晨靠在他的怀里，黎千远身上的体温让她感觉到自己还活着。

柯荣是男人，黎千远也是男人，为什么两个人差距这么大？而那样糟糕的男人偏偏是给了她生命的父亲，让她长成为一个很糟糕的人。她视线模糊，轻声说："对不起，千远，我就是在这样的家庭长大的，我一点都不美好，或许以后我会让你失望的。"

黎千远沉默半晌，捧起她的脸，难得深沉地说："清晨，和你恋爱的人是我，你好不好我说了算。在我心里，你最好。"

柯清晨没有说话，只歪着头，脸亲昵地摩挲了他的掌心两下。她闭上眼睛，心想，希望吧，希望自己不要伤到他。

006

两个人草草地吃完了饭，奔波了一天，他们都很累，但都没什么睡意。

柯清晨还是不放心，她要守着李春君。她不去休息，黎千远当然也舍不得她一个人待在这个冰冷的建筑里。

从他进入柯家的那一刻，他就没在这个家里感到一点温度。这里不像家，更像是一个奢华的样品房，用金钱堆砌出来的建筑物。

"你妈平时都一个人住在这里？"

"嗯，柯荣已经很少回来了。"柯清晨不大愿意称呼柯荣为父亲，她觉得他不配为人父。

"太大了。"

"是啊。"

梦也太漫长了，好像怎么也等不到黎明。柯清晨环视别墅一圈，说："我不喜欢这里。"

说着，她想到什么，牵着黎千远走到客厅的一架钢琴前，拉着他坐下，打开琴盖说："之前你不是说过想听我唱歌吗？趁今天有装备，我唱一首给你听，黎公子点歌吧。"

黎千远笑，清晨总算恢复了平时的一点活力，他摇了摇头："你想唱什么就唱吧，黎公子都为你点赞。"

柯清晨笑，她想了想，边弹边唱，唱了一首老歌——巫启贤的《只爱一点点》，歌词是这样的：

不爱那么多只爱一点点，别人的爱情像海深我的爱情浅

不爱那么多只爱一点点，别人的爱情像天长我的爱情短

不爱那么多只爱一点点，别人眉来又眼去我只偷看你一眼

不爱那么多，别人的爱情那么深，柯清晨的爱只有一点点。

柯清晨的歌声一点都没自夸，真的像她说的那样，确实是能拿校园歌手冠军的实力。黎千远坐在她身边，看着他的恋人，眼神几乎温柔得要化成一汪春水。

一曲毕，柯清晨能感到黎千远的动情，却有意回避般笑了笑："之前我想过，我要是想唱歌给你听，大概会唱一首《爱你一万年》之类的老情歌骗骗你，不过今天实在没心情，这首歌是我的真心话。"

黎千远摸摸她的头，说："没关系，你没心情，那我唱情歌给你听。"

说到这，他有些自得地笑了笑："你别看我这样，学渣一个，小时候也受过音乐熏陶，被爸妈逼着上过几节课，钢琴还是懂一点的。"

柯清晨笑，开了个玩笑："我男朋友真厉害，还会弹钢琴。"

"皮毛，懂一点皮毛。"黎千远被夸得不好意思，低头在她放琴谱的盒子找琴谱，翻了几下他就愣住了，他看到一张柯荣和柯清晨的亲子鉴定书，鉴定结果当然是亲生父女。只是正常家庭，谁会做这样的鉴定？

柯清晨注意到了，脸上闪过一丝痛苦，但很快恢复如常，她主动拿起鉴定书，说："这是我爸偷偷去做的，我十三岁那年无间翻到了。现在好多了，我第一次看到时，脑袋都空了，不知道该怎么办，觉得又羞辱又难过，想拿去质问他，又怕我妈知道了，伤她的心，就偷偷藏了起来。"

她的语气是淡淡的，神情也是淡淡的，可黎千远能从她的平淡中感受到她的悲伤绝望。

"以前我觉得成长是一个人慢慢长大的，后来我发现不是的，成长是一瞬间的事。看到这张亲子鉴定，我就彻底告别了我妈给我编织的童话世界，回到了现实。"柯清晨看着黎千远，还是那么平静的语气，好像在讲别人的事，与她无关。只是她说着说着，一滴泪毫无预兆地落在亲子鉴定书上，把那99.99%的数字都打花了。她转头望向外面的夜色，继续说，"我从十三岁就知道，人生是苦的，生来就要受苦。"

这个苦不是说物质的贫乏，而是人一张白纸来到世上，注定要经历欺骗、失望、伤害，在恶与善之间行走。而柯清晨的小半生，见过最大的恶来自柯荣，她的生父。

"我有一段时间特别消沉，想去看心理医生，但又不敢去，去了又怎样？抗抑郁的药是损神经的，我什么都没有，只有这颗脑袋还算聪明，我还要靠它去为我妈争一口气。"

黎千远不知道说什么，他看着身边的女孩，除了心痛还是心痛，明明她这么好，为什么她的父母都不对她好一点？他搂住她，让她的脑袋靠在自己的肩上，无声地安抚她。

情歌是唱不了了，最后黎千远弹了一首入门级的《小星星》，一闪一闪亮晶晶，满天都是小星星……

如果可以，他多想为十三岁的柯清晨点亮一颗星，一盏灯，给她一点点光亮。

漫漫长夜，她没有信仰，没有黎明，没有光亮。

但他可以做她的光。

这一夜，在黎千远断断续续的儿歌声中，柯清晨倚在他身边睡着了。

黎千远小心地抱着她，却怎么也睡不着。他在想他十三岁时在做什么？上中学了，日子依旧无忧无虑，白天和同学们打打闹闹，放学了就抱着篮球和米杨一起去打球，爸妈没少给他零花钱，他在同学中是出手最大方的，同学们喜欢他，老师们也觉得他机灵。十三岁的每一天，天都是蓝的，他从来不懂什么叫烦恼。

而柯清晨的十三岁呢，因为一张亲子鉴定书，她的世界崩塌了，父母的爱情是一场笑话，成年人的世界尽是欺骗和谎言，她在还不够强大时就见到了最大的恶。他这才知道，她没有骗他。她说她没心，她不是没心，她只是怕了。

黎千远静静地看着怀中的女孩，眼里满是怜爱和疼惜。

他父亲连一个好听的名字都不肯给她，她妈妈爱她，却把她拉进这场失败的婚姻战争里。

天亮了，柯清晨醒了，她的第一反应就是要去看李春君。黎千远按住她，轻声说："放心吧，没事。"

柯清晨点头，她难得睡了个好觉，在黎千远的身边，她睡得很安稳。

黎千远拉起她走到阳台上，外面还灰蒙蒙的，但远处的太阳已经露出微光，太阳要出来了。

黎千远看着柯清晨，用一种前所未有的认真眼神看她，说："清晨，我想好了，我不要做你好聚好散的男朋友了，我选第二种，那种'白首不分离'的模式。"

"那是地狱模式——"

"我知道，"黎千远打断她，字字铿锵有力，"我愿意陪你。而且我觉得那不是地狱的模样，换个说法，我们可以叫它神仙模式，那我们就是神仙恋爱了。"

柯清晨笑了："你想清楚，你也知道我很坏的，人又无情。"

"我想得很清楚。"黎千远看起来比她正经严肃多了,"没关系,你无情,我有情,你没心,我有心。你说你走在漫漫长夜,等不到黎明,那我就来做你的黎明了。你知道吗?昨晚我想了一夜,终于想明白了为什么我姓黎,原来我是来做你的黎明的。我是黎明,你是清晨,你看我们多登对。"

柯清晨莞尔,打趣道:"你错了,你姓黎,不是因为我们有缘,不过是因为你爸姓黎,你这个不孝子。"

黎千远:……

他用一种"你不懂我的浪漫"的委屈眼神看着柯清晨,真是的,休息了一个晚上,她终于复活了,又开始伶牙俐齿了。

柯清晨没说话,只是伸手去拉他的手,很轻地说了句:"千远,我知道你对我很好。"

她轻巧地转移了话题:"我们来看日出吧,一起等黎明。"

两个人便一起看了一场城市的日出,看着光亮一点点布满人间。

柯清晨的心情平静,内心被黎千远的话烫得软软的。她对着日出想,她的爸妈也这样爱过,可最后还是落了个这样的结局。人生无常,今日这般甜蜜,可不代表来日不会化成砒霜。她不期盼地久天长,只愿她的黎千远永远能这样做个快乐的小傻瓜,像一枚灿烂的小太阳。

黎千远乐呵呵的,虽然柯清晨还没说好或不好,也没有正式地答应下来,但他已经当她答应了。

他已经想好了,她爸爸对她不好,她妈妈也没说到做到,他们都不好。以后,他会疼她,爱她,对她好,不再让她受一点委屈。他要维护她,要像她没入户口的名字——倾尽所有,为她摘星辰。

看完日出,柯清晨拉着黎千远的手坐到钢琴前,她说:"再弹一次《小星星》吧。"

黎千远弹了,虽然在弹琴上他完全比不上柯清晨,但入门曲他还是弹得有模有样，还买一送一，给她弹了一首《种太阳》。

　　弹完，他望向柯清晨："我把太阳种在你心里了吗？"

　　柯清晨笑了，心里又暖又酸涩。她几乎不忍心去看黎千远温柔的笑脸，她伸手捂住他的眼睛，轻声说："种下了。"

　　种下了，那是她骗他的。黎千远说的话她很感动，但她不敢去信。

　　从十三岁见到亲子鉴定书那一刻起，柯清晨就失去了相信别人的能力。

　　她是个没有心的人。她已经开始后悔，为什么要去招惹黎千远。

　　她太自以为是了，他这么好，她会伤了他的。

12月 3日

———————「你是我第一个亲吻的人。」

「我也是。」

I Will Always Be With You.

陪看你 ——不要独自承受痛苦，因为我会不远万里赶到你身边。

谢谢
你

我的凡夫俗子

Thank you,

谢谢你，
我的凡夫俗子

第四章

01

柯清晨和黎千远又陪了李春君几天，直到她的情绪完全稳定下来，他们才启程返校。

李春君已经好很多了，平静下来的她是个说话温暾的优雅中年女性。很难看出这样温和的女人骨子里那么倔强疯狂，年轻时她可以为爱离家，现在的她爱和恨一样浓烈。柯荣即将再婚的消息彻底打败了她，不过也敲醒了她，她真的什么也挽回不了。她答应柯清晨不会再做傻事，就当柯荣死了，没这么一个人。

大概差点儿死过一次，李春君好像真的看开了，还坚持去高铁站送他们。她还趁柯清晨去洗手间的时候嘱咐黎千远好好对柯清晨。她很不安，怕这糟糕的家庭关系影响到黎千远对柯清晨的印象，毕竟这次见面真的太不光彩了。

黎千远笑了，认真地说："阿姨，你放心，我虽然没有清晨优秀，但感情上我一直很认真。"

"那就好，那就好。"李春君喃喃道，大概想到什么，又说了一句，"你别伤到清晨。"

柯清晨回来了，听到这句话，她搂过妈妈的肩，笑嘻嘻地说："妈，你女儿铜墙铁壁，这么刚的一个人，谁伤得了她？放心啦！"

李春君见她神采飞扬的样子，确实不像是被欺负的人，便转而对柯清晨说："那你别欺负小黎。"

"小黎，我欺负你了吗？"柯清晨挑眉问。

黎千远："……没有，清晨对我特别好。"

柯清晨对李春君撒娇："妈妈，你听到了吗？"

李春君无奈地笑了，摇摇头："你啊。"

这样一闹，离别的气氛淡了些。

柯清晨用力地抱抱李春君，在她耳边轻声说："妈，我走了。你在家别想七想八，再难，也想一想你还有我。"

李春君眼圈一红："放心吧，妈妈会好好的。"她还开了个玩笑，"我还要等着你和小黎结婚呢。"

虽是个玩笑话，黎千远也知道，她说这句话不过是要让柯清晨放心，只是他竟可耻地想了下可行性，脑子冒出一句"哎哟，不错哦"。

柯清晨点了点头。

黎千远和李春君告别后便牵着她的手去等车。柯清晨看上去很平静，还能开玩笑，可黎千远一牵她的手，才发现她的手冷得很。他用力握紧她的手，小声说："别怕，阿姨会好好的。"

柯清晨抬头看他，半晌才回握他的手，轻轻应了一声："嗯，我不怕。"

两个人上了车，返程的路上气氛还是略显沉重，但比来时轻松了很多。因为担惊受怕，柯清晨这几天都没怎么好好休息，此时松懈下来，她把头靠在黎千远的肩膀上，很自然地依赖着他。

他们坐在靠窗的位置，柯清晨眼神迷离地看着窗外一闪而过的风景。黎千远拿出手机，插上耳麦，一边给柯清晨，一边给自己，耳机里传来的都是你侬我侬的情歌。巧的是，里面有一首《微风细雨》，是柯清晨很喜欢的歌。

柯清晨投入地听着歌，半锁着的眉毛松开了，她喃喃开口："我好想这列车不要停，一直往前开，没有尽头。"

黎千远笑了，搂住她的肩说："好啊，我陪着你。"

等列车到站，柯清晨已经满血复活，她又恢复成了那个伶牙俐齿、不吃一点儿亏的坏丫头。

黎千远直接把柯清晨送到了宿舍。他们在一起后为了避免和陶菲菲碰到尴尬，他平时都是把她送到宿舍楼下，这还是第一次送她回宿舍。

陶菲菲刚好也在，黎千远走到她面前，很有礼貌地问："菲菲，能出来一下吗？我有几句话想跟你说。"

闻言，宿舍的姑娘都很诧异，只有柯清晨像是没听到一般。她拿了毛巾打了盆水去洗脸，洗得很认真，像是要洗掉这一路疲倦。

陶菲菲神色复杂，但还是跟着黎千远走了出去。

两个人来到宿舍走廊，黎千远言简意赅地解释："之前你发给我的照片我已经知道是谁了。那个男人是清晨的爸爸，她和她爸爸有点矛盾，每次见面都不大愉快，可能你们看了会想多。现在我告诉你了，希望以后你不要再误会她了。"

陶菲菲的脸一下子涨得通红，像被当众打了一巴掌。她有些口不择言地问："是柯清晨告诉你的吗？她说那是她爸，你就信了？"

黎千远奇怪地看她，反问一句："她是我女朋友，我不信她信谁？你吗？"

陶菲菲看着面前没有多余情绪的男生，突然感觉他有点儿陌生，那个追着她的黎千远真的已经不见了。她冷静下来，说："抱歉，是我过分了。"

黎千远摇了摇头，说："道歉就不用了，但如果有人误会了，你能帮忙澄清一下，我会很感激的。"

　　说完，他点了点头，转身要走，又听到身后陶菲菲追问道："黎千远，你这么维护她，她就这么好吗？"

　　黎千远回头看着她，很认真地说："很好，清晨特别好。"

　　陶菲菲沉默了，她握紧手，指甲不自觉地陷进手心。她好像隐约明白了什么，半晌才没头没尾地冒出一句："我明白了，谢谢你追了我两年。"

　　"不用谢。"黎千远摇了摇头，神情很严肃，"菲菲，我追你时是真的。追你两年是因为觉得你值得，你不用跟我说谢谢，是我愿意，我不觉得被辜负，也没觉得上当受骗或是亏了，一切都是因为我情我愿。我希望你也能这样想。"

　　他的意思很明白，他追她两年却毫无进展，他并不觉得感情受骗，她也不要因为他喜欢上别人而心生不满，觉得他们对她有亏欠。

　　陶菲菲这么聪明哪能不明白？她知道自己该点到为止了，可她还是忍不住问了一句："我现在……不值得了吗？"

　　"不，"黎千远摇头，"和你无关，是我喜欢上了别人。菲菲，我现在挺好的，一场两情相悦的恋爱真的挺美好。我希望你能早日遇见那个能让你心动的人。这两年来我没有让你心动，证明我确实不是你在找的那个人，你不用再把注意力浪费到我身上了。"

　　这句话已经很直白了，陶菲菲失魂落魄地说："我知道了。你放心，以后你和柯清晨都与我无关。再见，千远。"

　　"再见，菲菲。"

　　黎千远转身离开，陶菲菲也回到宿舍。

　　走廊上，他们背道而驰，也算是为两人过去的纠结做了一个正式的告别。

　　只是陶菲菲还是忍不住回头看了黎千远一眼，如果当初她不是那么骄傲，理所当然地被喜欢着，而是试着去珍惜他，今天他维护的人是不是就是自己了？

　　到今天她也分不清她到底是不甘多一点儿，还是嫉妒多一点儿，更或者，其实她也是有点儿喜欢黎千远的。

　　可能吧，但都过去了，与她无关了。陶菲菲挺起胸膛，还是一副骄傲的样子，像什么事都没发生过。

　　黎千远走出宿舍楼，想直接回学校，却又拐了个弯去了楼下花圃。

　　他去看那株黑魔术，黑魔术扎根土地反而长得更好，还结出好几个花苞，表现出旺盛的生命力。

　　自由的绽放。黎千远脑子里冒出这句话，他喃喃道："你自由了……"他也自由了，他和陶菲菲做了告别，正式的告别。

　　生活还是需要仪式感，比如为昨天的天真懵懂画上句号。以后他要一心一意地对柯清晨，毕竟他已经决定，要做和她白首不分离的男人。

　　他要做她的黎明，劈开她的黑夜，把天亮带给她。

02

　　回到学校，生活回到正轨，两个人继续不紧不慢地谈恋爱，不惊天动地，倒也甜蜜。

　　父亲的再婚给了柯清晨一个重击，但她很快又站了起来。黎千远发现，柯清晨就像是一个不倒翁，虽然年龄小看上去也很脆弱，但其实特别坚韧。

　　他很喜欢这样的清晨，也很心疼她。没有人天生坚强懂事，都是因为没人疼。

　　这天下课后，黎千远难得开车过来。自从谈了恋爱，他的车都停在停车场了，因为柯清晨不喜欢张扬。

　　柯清晨上车，系上安全带，看男朋友一脸喜上眉梢的样子，问："怎么了？"

"今天是个大日子。"黎千远很是郑重其事。没等柯清晨回答，他迫不及待地说："今天是我们认识一百天的纪念日。"

柯清晨轻咳一声，浅笑着点头："确实是个特别的日子。"

"你是不是一点儿都不记得了？"黎千远边开车边问。

正常人谁会记住这些？柯清晨笑，冲他撒娇："这不是有你嘛。"

"哼。"黎千远冷哼一声，表示他有小情绪了。

柯清晨没理会他，转移话题："哇，一百天纪念日，不知道我的男朋友会给我什么惊喜呢？"

黎千远深知她的套路，却无可救药的受用，嘴角不自觉地上扬，语气却很傲娇："你连纪念日都不知道，我能有什么惊喜？就平平无奇一起吃顿饭吧。"

"只要是和男朋友一起，哪会平平无奇？"柯清晨冲他笑，歪着头笑得特别可爱。

小丫头就是坏，明明谈个恋爱谈得这么漫不经心，还总能四两拨千斤似的化解危机。

黎千远空出一只手，本来想轻轻弹她一下，要碰到时，还是变成轻轻刮了下她的鼻梁，他得意地说："等着吧。"

他确实准备了个很大的惊喜。

黎千远带她来到一个老城区的一幢五层居民楼的天台上，在那里，整个天台被布置成了一个空中花园，种满了绿植和各种漂亮的花儿。

天台上摆着几个用粗圆木搭成的白色帐篷，错落有致地掩在绿植间，就像森林里的一间间小木屋。绿色的草坪，白色的帐篷，再加上远处的大片晚霞，有一种别样的宁静和美好。

高楼大厦间是很难看到夕阳的，但老城区可以，过去的民房不高，遮不住这漫天的烂漫。这是一个可以感受到黄昏的地方，连名字都很浪漫，叫"一厂时光"。

"这是我师兄开的。"黎千远带柯清晨进来，边走边说，"室内室外的园艺都是我设计的，我不收他酬劳，他答应给我留一个帐篷。"

说着，他们走到一个白色的帐篷前，帐篷上挂着一个小木牌，写着两个字——倾辰。

黎千远微微一笑，说："清晨，以后这就是你的帐篷了。"

他在这个能看到日出和日落的空中花园给了她一间小小的帐篷，帐篷里种满鲜花，成了属于她的私人花园。

黎千远牵着她的手坐下，自己坐到她对面，说："清晨，你抬手。"

柯清晨抬起手，便触摸到了头上的"星星"——帐篷上全是高高低低的星星灯，她一碰，灯全部亮了，就像点亮了一片星空。

暖色的灯光把柯清晨的脸照得特别明媚，她看着黎千远，很孩子气地问："这都是我的？"

"嗯，都是你的。"黎千远认真地回答，"师兄答应过我，这间帐篷不会营业，只为我留着，一直留到我们毕业。"

"我想来就来，随时都可以来？"

"对，不过饭钱还是要付的。但你可以报我的名字，记在我的账单上。"

"那我可以吃霸王餐吗？"

"当然，你的地盘你做主。"

柯清晨很高兴，又环顾了一下四周，抬头是星空，低头是开得千娇百媚的花。其中最显眼的是一盆白色的月季，开得极好，是典型的包子型，奶油质感的白色，温柔淡雅纯美。她刚好认得花的品种，它叫"婚礼之路"。

她的眼睛滴溜溜地转，故意问："花是你自己种的吗？"

"不是，"黎千远摇头，老实回答，"因为来不及，有些盆栽是我让家里寄过来的，但这里的每样东西都是我亲手挑的。"

"你这阵子就是在忙这些？"柯清晨问。难怪这几天没见他找自己吃饭。

"嗯。"黎千远点头。

果然是惊喜。柯清晨看着对面的男生，他眼里有掩饰不住的期待和紧张。她笑了，故意指着那盆"婚礼之路"问："这花是不是叫'婚礼之路'？"

"嗯。"黎千远点头，眼神变得有点儿躲闪，耳郭开始有红透的趋势。

柯清晨又笑眯眯地问："婚礼之路，黎千远，你在想什么？"

黎千远的耳边更红了，说："我，我没想什么，就是觉得它好看，就选了它。"

"哦，这样啊。"柯清晨露出失望的神情，意有所指，"只是觉得人家好看而已，真随便。"

黎千远失语，被逗得不知道说什么好。他不明白他的女朋友为什么不按套路来，不能像别的女孩娇羞一声，扑过来说好感动，而是这么镇定自若，连他的一点儿小心机都看穿！

他家是种花大户，他在没学会写名字的时候就先学会了认识植物的品种。帐篷里的每一样花都是他精心挑选的，除了这盆"婚礼之路"，他还用了很多奥斯汀月季，这是新娘捧花中最常用的品种。

柯清晨一直用含笑的眼神看着他，直看到黎千远的耳朵全红了，才笑了起来。她坐到黎千远的身边，挽起他的手，眼睛亮晶晶的："千远，你真好。"

她把头靠在他的肩上，一副撒娇的样子："我很喜欢。"

早这样不就好了吗？黎千远在心里吐槽，低头看他的小女友又心一软，叹了一口气说："算了，吃火锅吧。"

没错，这个浪漫的顶楼空中花园是个吃火锅的地方。

黎千远按了铃，很快有服务生端来一盆鸳鸯锅，还推来一小车火锅料。柯清晨不打算坐回去了，她窝在黎千远的怀里，乌溜溜的眼睛盯着他，一点儿也没有自己动手的打算。

黎千远怒了，问："你把我当什么？"

"男朋友啊。"柯清晨软软地说，"男朋友，我饿了。"

黎千远对女朋友的撒娇毫无抵抗力，只能为她烫菜、调蘸料、拿水果。

柯清晨心安理得地接受着男朋友的投喂，看着忙碌的黎千远，心里异常温暖和感动。

她突然放下筷子，喝了一口水，叫他的名字："千远。"

"啊？"黎千远正在烫娃娃菜，茫然地回过头，就看到柯清晨微微倾身，他感到唇被轻轻碰了一下，蜻蜓点水般，很快就分开了。

他……被亲了。

柯清晨已经坐回去了，坐姿端正，认真地吃着菜，像是什么事也没发生："这是礼物。"

"什么？"黎千远一时间没有反应过来。

"认识一百天的纪念日礼物。"柯清晨的嗓音大了点儿，带着一丝掩饰不住的娇嗔。

黎千远的脸一下子红了，小声地嘀咕了一句："太快了。"

"什么？"柯清晨瞪了过来。

"没，没什么。"黎千远连忙摇头，他从桌子底下拿出一个包装精美的纸盒，假装很随意地说，"呃，我的礼物。"

柯清晨不客气地把礼物拆开，是一对平淡无奇的骨瓷杯，杯身黑漆漆的。黎千远将开水倒进杯子里，杯身就显出了变化，上面写着"柯清晨专用"和"黎千远专用"。黎千远专用的那个杯子画着宇宙航天员和浩瀚星辰，柯清晨专用的那个杯子则画着一个小女孩在花园荡千秋，四周是连绵不绝的玫瑰。

送她一个杯子，送她一辈子。

这是一个再普通不过却又无比纯情的礼物。

柯清晨内心很欢喜，嘴上却说："认识一百天，就送一个小破杯？"

黎千远：……

她故作嫌弃："你不是很有钱吗？为什么没有做个镶钻的，起码也要弄个金镶玉？"

黎千远：……

柯清晨继续："千远，你真幼稚！现在小学生都不玩这个了。"

黎千远一阵无语，假装生气道："别说了，再说你就自己去涮牛肉！"

柯清晨见好就收，拿起黎千远专用的那个杯子，笑眯眯地说："还好你女朋友不是个嫌贫爱富的人，没有镶钻，也不是限量版，但她很喜欢。"

"哼！"黎千远气哼哼地涮着牛肉。

柯清晨已经吃得差不多了，于是一心一意地逗男朋友："千远，你恋爱技能这么差，刚才……是第一次吧？"

她指的是刚才那一掠而过的亲吻。黎千远脸一红，还真让她说中了，又觉得此时此刻不能输，便板着脸反问："你呢？"

"我当然是第一次。"柯清晨理所当然地说，"天天忙着学习，我哪来的时间去谈恋爱？"

黎千远心里一甜，也大方地承认："我，我也是第一次。"

"是嘛。"柯清晨很高兴，她的男朋友果然很纯情。

她看着还冒着热气的杯子，她其实很喜欢这对杯子，她在他的宿舍留了个"柯清晨专用"，他就送她一对真正的专用杯。心突然一热，柯清晨脱口而出："千远，你闭上眼睛。"

"做什么？"黎千远问，却还是乖乖地闭上眼睛。

柯清晨倾身，又轻轻碰了他的嘴唇一下，说："是我，你的第二次还是我。"

没等黎千远反应过来，她又捂住他的眼睛亲了他一次："还是我。"

这样，一二三，他人生的前三次亲吻都是和她。柯清晨放开黎千远，笑眯眯地说："好了，盖章礼成。"

黎千远睁开眼睛，看着身边面红耳赤还故作淡定的小丫头茫然地说："你这句礼成……好像拜堂啊。"

　　柯清晨仔细想想，还的真挺像的，她问："接下来是不是得送入洞房？"

　　黎千远本能地眼睛一亮，露出期待的眼神。

　　柯清晨已经坐开，拿起杯子，小小地喝了一口，像只无辜的小白兔："原来你送我一个杯子，是不是暗示被子，想和我，唔——"

　　黎千远捂住她的嘴，气急败坏："我不是这个意思，你想太多了。"

　　柯清晨只是笑，笑得眼睛亮晶晶的，比头顶上的星星灯还亮。她主动放过可怜的男朋友，说："千远，我要吃金针菇。"

　　黎千远赶紧去烫金针菇，没一会儿，女朋友又坐过来，小丫头开始装乖了，搂着他的腰，软软地说："千远，你要记住，你的一二三都是我。"

　　黎千远心一紧，说："好，我记住了。"他又说，"以后也只想和你。"

　　闻言，柯清晨满足地笑了，她把头埋在他的肩膀上。她想，以后的事以后再说，此刻岁月如此温柔。

　　帐篷外，冬夜的风呼呼地刮，帐篷内满室温暖，洒满星光。

　　吃完饭，柯清晨让黎千远剪了一朵"婚礼之路"送给她。

　　灯下，剪花的青年眼神温柔，看着他的柯清晨神情也很温柔。两人手牵着手离开"一厂时光"，下楼时，柯清晨回头看了一眼，难得表现出对某样东西的眷念。

　　黎千远开心地说："你要是喜欢，我们常来。"

　　柯清晨点头，认真地说："千远，你以后不要再免费帮人设计。"

　　"为什么？"

　　"因为你是个设计师，设计师都是很贵的。"

　　黎千远不好意思地笑笑："也就是你看得起我，他们说我还是个学生。"

　　"那是他们审美不行，你看这里就很美。我相信，这里很快会就成为南市的网红餐厅。相信我，千远，你很棒。"

"好啦好啦，我知道了。"黎千远笑得眼睛都眯到看不见了。他牵着她下楼，边走边说，"有你这句话，我将来也要成为一个很贵的设计师，别人求着我设计的那种。"

"对！"柯清晨点头，用力握住他的手。

两个人牵着手离开，身后是亮着灯的帐篷，暖色的光透过帐篷照出来，在夜色中特别动人。

回到宿舍，柯清晨把黎千远送的杯子放在书桌上，想倒些开水进去，又害羞了。

好像有点太秀了，其实骨子里，柯清晨的感情还是很内敛的，她突然舍不得这美好的感情光明正大地暴露在人前，接受别人的审视。最后她倒了点水进去，把"婚礼之路"插了进去。

黑色的杯子配白色的花儿，也很美。

而在柯清晨凝视着花儿的时候，黎千远则躺在床上，枕着手臂想——

我把她的心暖和了一点儿吗？

03

还是暖和了一点儿，因为天气越来越冷，柯清晨的笑容却一天比一天明媚。

在黎千远身边的柯清晨是明朗的。就这样很快到了寒假，小情侣不得不经历在一起后的第一次分离。

两个人的老家在不同的地方，黎千远送柯清晨去高铁站，一路嘱咐她记得吃饭，记得喝热水，不能熬夜，要保持心情愉快，有事情要找他，没事情也要找他，心情不好要找他，心情好也可以找他……啰里啰唆，没个重点。

柯清晨被他弄得烦了，不得不在下车前捧着他的脸说："好了，我知道，会想你的。"

她还眨了下眼，故意的。

黎千远没出息地脸红了。

话虽如此，每天的第一条微信总是黎千远发的，第一个电话也是他打的，最后一条互道晚安的信息也是他发的。

寒假开始没几天，黎千远便完美地演绎了什么叫身在曹营心在汉，他想他女朋友了。除了总想找女友说话，他还练起了钢琴，还专门练情歌，什么经典网红口水歌，来者不拒，把他爸妈摧残得不得不拿着人民币求他去玩游戏买装备，别再练了，还让不让人好好过年。

黎千远愉快地收了钱，拍拍老父亲的肩膀："老黎，要怪只能怪你自己，没遗传点音乐细胞给我。"说完，继续练他的情歌，深刻诠释什么叫收钱不办事。

晚上，黎千远把这件事讲给柯清晨听，小心思很明显，暗戳戳地表示他正在为她练情歌。

可柯清晨明显心不在焉，发了两个"哈哈"就没回应了，一点儿没听出他的弦外之音。

黎千远有些失落，觉得柯清晨没有一点情侣间的默契，又隐隐觉得不对劲，他的女朋友从来都是生动俏皮的，哪会只用"哈哈"来敷衍他？

果然距离产生冷落，黎千远立马发了一段他的自弹自唱，之后又发了条语音轻描淡写地说："这才不是专门为你唱的小情歌！"然而柯清晨连回都没回。

黎千远慌了，开始狂发表情包——

万万没想到，你喜新厌旧这么快！

我已经没法引起你的注意了吗？

弱小无助可怜，求女友看我一眼！

卖惨是有用的，柯清晨果然回他了，开始源源不断地给他发红包，美其名曰唱小曲的打赏钱。

黎千远拆了一两个红包就停下来了，这也太大了，一个上限两百。按柯清晨这速度，这几分钟得有好几千呢。他打电话过去问："你中彩票了？"

"没，就是有笔横财。"柯清晨的嗓音明显不对劲，有些冷淡和嘲讽。

"什么横财？"

"柯荣给了我十万块钱，让我去婚礼上叫他的新婚妻子一声阿姨。"

"这——"黎千远倒吸一口气，想到她那堪称败类的父亲，晚上的兴奋劲儿顿时没了大半，不自觉地跟着她失落起来，"他要结婚了？"

"嗯。"

"那你妈妈……"

"认了，她能怎么办？"柯清晨嘲讽道，"天要下雨，老公要再娶，况且她也闹得够久了，还一点儿用都没有。"

黎千远不知道说什么，倒是柯清晨又开了口："红包记得收，这钱也算来之不易！"

黎千远的心被扎了一下，问："你真要去参加他的婚礼？"

"当然，我都收了人家的钱了。"电话那头，柯清晨故作轻松地说，"而且这是定金，只要我肯到婚礼上送祝福，柯荣还会再给我十万。怎么样，我这个生父是不是很大方？"

黎千远不知道该怎么回答，半晌才对着遥远的她轻声说："清晨，别难过。"

听到这句话，柯清晨沉默了，电话里只有两人低缓的呼吸声，安静却胜过千言万语。过了好久，柯清晨才又开口："千远，我好想早点开学，听你当面唱情歌给我听。"

我也是，黎千远在心里回答。她已经挂了电话，他没再打过去，而是捏着手机，想起上次在安城看到的是是非非，叹了口气。

而此时，柯清晨的家里正一片混乱。

她正对着一堆空酒瓶发呆，从柯荣来送请帖的那天，李春君就开始酗酒，终于把自己喝到趴下。

从柯荣送来请帖的那天起，李春君就没正常过。她对柯荣如此绝情的行径很愤怒，又无可奈何，但她到底还是差点儿死过一次的人，维持住了自己的体面，只叫柯荣滚。

柯荣求之不得，他正春风得意，不会跟这个糟糠之妻一般计较。他叫柯清晨出来一下，简单地说明来意——他想讨新婚妻子开心，如果女儿能过去叫她一声阿姨，他会感激的。

柯清晨没说什么，点头示意她知道了，便开门进屋，下一秒听到手机响了，是银行的短信提醒，那一连串的零刺激了她的神经。她想起小时候柯荣找妈妈要钱，一听到妈妈说没钱，便开始骂骂咧咧。

柯清晨笑了一下，既然她的生父想要一个体面的婚礼，她会送他一个体面的。

她把空酒瓶收进垃圾箱里，又去妈妈的卧室看了一下，确定她睡得安好后，便去换了一身衣服。黑曜宝石裙以几何线条水钻勾勒出网状，闪闪发亮，暗黑耀眼，走到哪都是焦点。这样的高订礼服，才不会失了柯荣的体面。

柯清晨郑重地把胸花别好，走了出去。

柯荣的婚礼果然盛大。

婚礼在安城最好的酒店举办，各界叫得上名字的名流都来了。司仪是地方台的知名主持人，婚宴按最高配置，中西结合，照顾大家的口味，还有摄影全程跟拍。总之，什么都是最好的，跟李春君那个仓促的婚礼完全不一样。

柯清晨坐在主桌安静地吃菜，看也没看台上一眼。

柯荣难得会照顾人的感受，整个过程环节那么多，他始终没有提柯清晨一下。终于到了敬酒的环节，柯荣带着新婚妻子还有一堆人过来了。

柯清晨站了起来，这还是这个晚上她第一次正眼看自己的父亲。不得不说，柯荣虽然是个渣男，但看上去确实是个风度翩翩的英俊男子，再加上这几年保养有方，他一点儿都不显老。

柯清晨又看了一眼他的新婚妻子，也不知道是今天换的第几套衣服，她一身红色旗袍，气质不差，一点儿都不像礼仪小姐。别说，两个人站在一起还挺登对的。

柯清晨笑了一下，柯荣也跟着乐开花，神情明显松弛了下来。他笑容可掬道："清晨，这是你倩倩阿姨。"

叫同辈阿姨？你好意思娶，我可不好意思叫。柯清晨腹诽着，没接这茬，笑道："爸爸，恭喜你。"

这是她这么多年来第一次叫柯荣爸爸。这声"爸爸"说出口，双方都愣住了。柯荣一下子眉开眼笑，看着她的眼神也变得慈爱起来。

柯清晨低下头，缓缓地倒了满满一杯酒，举了起来，继续说："爸，我祝你新婚快乐，和身边的这位姐姐幸福到老。"

说完，她举起酒杯，把酒从柯荣的头上倒下去，坚决果断。他要体面，她就给他一个彻彻底底的体面。

上好的红酒，颜色纯澈红艳，香气醉人，就这么全部倒在了柯荣的头上。

周围一片倒吸声，柯荣瞪大眼睛，眼里全是震惊和难以置信。新娘也呆住了，一脸慌乱。后面的人反应过来，嚷嚷着："毛巾！服务员，毛巾！"更后面的人围了过来，眼里燃起了八卦之光，稍微知道点根底的人，已经开始窃窃私语起来。

柯荣这一晚上的婚礼既有明星助阵，又歌舞不断，但都没有柯清晨这一出来得热闹。

柯清晨放下酒杯，一脸无辜地说："哎呀，不好意思，手滑了。"

"你——"柯荣气得话都说不出来了。

柯清晨却心平气和地说："爸，你别急，我的祝福还没说完呢。为人子女，老父抛妻再娶，娶的还是这么年轻可爱的小姐姐，我心里高兴。你终于放过我妈要去祸害别人了。我能做的不多，就只有几句真心话送给您。我祝你——"说到这里，她顿了一下，看着柯荣一字一顿道，"柯总，我祝您，早生贵子，多戴绿帽子，亲子鉴定中心欢迎您。"

她这番话还有"柯总"两个字，把刚才父慈子孝的画面撕得一点都不剩。

柯荣气得发抖，脸一阵红一阵白，再加上一身的红酒，完全没有新郎的体面。

他下意识地看了一眼四周，都是酒足饭饱的看客，那些他好不容易请来的大佬们嘴角们噙着笑，眼里尽是嘲讽。他好不容易从底层爬上去，能和这些人坐着喝一杯酒，结果被柯清晨搅得尊严全无。

他怒火中烧，也不管这是什么场合，大手一挥，就要朝柯清晨打过去："不孝女，我没有你这样的女儿！"

柯清晨冷冷地看着他，没动也没躲。眼看着那巴掌就要落在她的脸上，一只手突然横空出现，硬生生拦住了他。黎千远站在柯荣的身后，攥住他的手，没让他的手掌再近一分。

他愤怒地说道："你真是丢尽天下男人的脸！"

柯清晨万万没想到黎千远会突然出现在这里，一脸的怔愕。

黎千远还喘着气，一边攥着柯荣，一边看向柯清晨，暗暗松了口气。还好，他来了。

柯荣被制止住，回头看时发现是个陌生的年轻男子，气得破口大骂："你是谁？放开我！"

"我……"我是您未来的女婿，黎千远在心里小声回答。他担忧地看着柯清晨，冲她笑了下，小声用嘴形说"别怕。"

这场戏还在继续上演，宾客围了上来，看热闹的、劝和的、劝架的都有。柯清晨看着盛怒失控的柯荣、花容失色的新娘，还有嗑着瓜子的客人，突然觉得很好笑，她唱了一出戏给人笑话。

什么都不重要了，除了他，那个正被柯荣破口大骂的黎千远。他在人群中那么高大，那么闪亮。没有穿礼服，也没有穿皮鞋，只穿了一件连帽羽绒服。他明明在一群光鲜亮丽的人中最平平无奇，可柯清晨就是觉得他最耀眼。

气出了，结束了，柯清晨不想玩了。她没说话，只是伸出手，下一秒，她的手被握住，温暖有力，黎千远拉着她，开始往外跑。黑曜宝石裙的裙摆随风动了起来，满身的水钻像凝固的星辰流淌起来，星光闪闪。

黎千远拉着柯清晨离开，他们一起穿过叫骂声，穿过人群，穿过鲜花红毯……他拉着她逃离，就像拉着自己的在逃公主。她侧身看着他，就像在看自己的盖世英雄。

04

黎千远带着柯清晨跑出酒店，直到跑不动，他们才停了下来。

两人靠着墙喘气，柯清晨看着黎千远笑，没笑两声，她停下来，用手触摸他被打肿的嘴角，轻声问："疼吗？"

"不疼。"黎千远摇头，脱下身上的羽绒服给她穿上，边穿边说，"你今天真好看。"

大概只有他会在她做了坏事之后还夸她好看。

柯清晨有些着迷地看着黎千远，喃喃问："你怎么来了？"

"我掐指一算，觉得有人又要替天行道了，来助她一臂之力。"黎千远笑嘻嘻道。

事实上，是黎千远很担心柯清晨，挂了电话后想也没想就直接过来了。他去她家里找她，没找到，倒把李春君吵醒了，就又来了酒店，没想到这么巧，碰到这一出。

提到李春君，柯清晨一拍额头："对了，我妈。"她妈也是个不让人安生的主。

"那我们赶紧回去。"黎千远说着就要去街边拦出租车，却被柯清晨一把抱住："等一下。"

黎千远愣住了，转过身，用力地抱住她，紧紧地把她拥在怀里，轻声说："好，不差这一会儿。"

她在发抖，那杯让柯荣颜面全无的酒倒下去的同时，她也在自己的心上扎了一把刀。不管怎样，那个男人始终是她血脉相连的亲生父亲。能让人心碎受伤的总是至亲至爱。

"我恨他，他怎么能这么自私？"柯清晨在他怀里喃喃道，"每次我都对自己说别管他了，可他还是能伤害到我。"

"我知道，不是你的错。"黎千远紧紧搂住她。

回到家，李春君这个定时炸弹果然已经炸了，她把家里能砸的东西都砸了。

整间房没有一个落脚处，柯清晨提着裙子艰难地走过去，蹲下来抬头问："妈妈，你出完气了吗？"

李春君点了点头。

"那我能不能请你，"柯清晨看着她，红着眼睛哽咽地说，"请你把柯荣扫出你的人生，以后不要再为他伤心？"

李春君愣愣地看着女儿，好像从来没有考虑过这个问题。可看着女儿通红的眼睛和含在眼里的泪水，她忽然一阵心痛。半晌，她点点头，哑着嗓子说："好，我答应你。"

"妈，你要说到做到。"

"我会说到做到。"

柯清晨笑了，忍在眼里的眼泪落了下来。她站起来抱住母亲："妈，你还有我。"

"对，我还有你。"李春君也伸手抱住她。

两个人静静地抱了一会儿，在这个寒冷的冬夜互相取暖。直到情绪平缓了些，柯清晨才说："妈，你去休息吧，我来收拾。"

李春君点头，又环视了眼四周，看着面目全非的屋子，摇摇头："别收拾了，这要收拾到什么时候，我们去住酒店，明天再找人帮忙。"

两个人简单地收拾了些行李准备去酒店，黎千远过来帮忙拿包，李春君笑道："小黎，又让你看笑话了。"

黎千远摆手："哪有。"

到了酒店，柯清晨和李春君住一间，黎千远单独住一间。

黎千远估摸着她们整理得差不多了，就给柯清晨发了条信息：**到我房里来。**

没一会儿，他就听到了敲门声，黎千远把柯清晨拉进来，指着满桌的美食，塞给她一双筷子："我猜你晚上应该没怎么吃饭，饿了吗？随便吃点。"

小龙虾、水煮鱼、酸辣粉、烧烤……应有尽有，全是她平时喜欢的菜。柯清晨失笑："你这是把一整条小吃街都包了吗？"

"可不是，就是不知道有没有女朋友爱吃的。"黎千远笑嘻嘻地说。

"浪费是罪。"

"剩下的我吃。"

柯清晨莞尔，也不客气，坐下来打开酸辣粉的盖子，指了指小龙虾。黎公子非常上道地剥起虾，边剥边往女友的嘴里喂。

柯清晨没有多少食欲，但为了黎千远还是吃了点。

黎千远边剥边说："你要这么喜欢吃虾，以后我去学，炒给你吃。"

"好呀。"柯清晨点头，看着面前的黎千远。其实她并不喜欢吃虾，她只是喜欢他为她剥虾。

黎千远说到做到，柯清晨吃不完的，他负责解决掉。他被辣得汗水直冒，柯清晨拿纸巾帮他擦汗。

吃完，两个人都不想动了。

黎千远问："说说话？"

柯清晨点头，特别乖巧，一点都看不出她今天大闹婚礼的气势。

两个人靠着床静静地坐着，黎千远搂着柯清晨，柯清晨靠着黎千远，有一句没一句地聊着。

"把你那天唱的歌再唱一遍给我听。"

"还没学完整呢。"

"没事，我不笑你。"

黎千远便唱了，嗓音温柔。柯清晨听完，说："再来一首呗。"

"不了，得留点存货。"

"可我想听。"

黎千远就又唱了，唱了一首又一首。

最后，柯清晨说："千远，你以后不要唱歌给别人听。"

"为什么？"黎千远故意问了句，心里美滋滋的，心想这大概是她那该死的占有欲。

结果柯清晨来了句："因为太难听了。"

黎千远：……

黎千远生气了，有小情绪了。他这算什么，千里迢迢过来被羞辱？

他搂住女朋友，蹭她的脸："说好的不笑我呢？谁准许你说实话了。难道我给你的爱还不够蒙蔽你清醒的双眼吗？"

"不够，还不够。"柯清晨笑盈盈地说。

两个人打打闹闹，最后不知怎么的，柯清晨就倒在黎千远的身边。黎千远趴着看她，看她秀美精致的眉眼，柔声问："好受点了吗？"

他知道她不好受，这一晚上都不好受，只是因为她是柯清晨。李春君还可以失控把屋子砸了，她不行，她要照顾妈妈。她早慧懂事，他们就肆无忌惮地伤害她，忘了她夹在这段婚姻里也是伤痕累累。他们都看不到，只有他看得到，所以他来了。

柯清晨点点头，这是真的。因为他来了，她没那么难受了。

两个人又说了一会儿话，黎千远催柯清晨回屋，这么晚了，李春君还等着她。

他送她出去，要开门时，柯清晨又想到了什么："啊，对了！千远，我问你一件事。"

"什么？"黎千远一脸狐疑，但还是乖乖地弯下身子。

柯清晨便凑到他耳边，用前所未有的正经语气认真问："千远，你想不想和我……洞房啊？"

黎千远又开始咳了，变态辣都没把他呛到，柯清晨的一句话就让他咳了。他的耳朵直接红了，站起来嚷嚷着："想什么呢？还远着呢。"

丈母娘还在隔壁，他还想活着见到明天的太阳。

他打开门送她回去，愤愤地说："你妈喊你回家睡觉了！"

柯清晨笑眯眯道："千远，你真好。你要是一直这么好就好了。"

"我会的。"黎千远随口应道，把她掰正，对着门，"现在回屋。"

柯清晨计划落空，只好回屋。

回到房间，她躺在李香君身边抱着她，想到了被她砸成废墟的家。她的人生就像那一屋废墟，而黎千远是照进废墟的阳光。柯清晨睁着眼睛，看着漆黑的夜，想起今日的种种，柯荣狰狞凶狠的脸，毫不留情的巴掌……

感觉黑夜在一点一点地将她淹没。

可惜她这株开在废墟里的植物，终究不是一朵娇弱的花，她有刺无心。

今天从天而降的黎千远真的很好，可她还是害怕。一个没有见过绿洲的人走在荒漠是不会渴望的，可她都见过绿洲，以后还怎么在荒漠行走？

她看着躺在身边的李香君，闻到她一身的酒气。妈妈以前不是这样的，她在酒吧唱歌，所有人的目光都聚集在她身上，是柯荣把她变成了这样，把她变成了一个疯子、酒鬼、病人。

是爱毁了她。

柯清晨闭上眼睛，她在黑夜中看到从天而降的黎千远拉着她跑，可跑着跑着，她放开了他的手。这样也很好，没有阴郁的她，黎千远的明天会更容易些吧。

他们再美好也不过是饮鸩止渴的海市蜃楼……

05

黎千远又陪了柯清晨几天，把被李春君毁了的家整理好，他才放心地回去。

马上要过年了，他父母催他回家，他不得不和柯清晨分别。

柯清晨送黎千远离开，小丫头难得表现出几分不舍，看得黎千远心疼，忍不住提议："要不我留下来陪你过年？"

"那叔叔阿姨怎么办？"柯清晨瞪他，"放心吧，我会好好照顾自己的。"

"可是……"

"我会想你的。"

黎千远没话说了，时间快到了，他得走了。他一步三回头地去坐车，但春运的人潮很快就把他淹没了。柯清晨看着他离开，又在原地站了很久才走出车站。

一路都是背着大包小包的乘客，他们赶着回家和亲人见面，神色匆匆，但眼里有光。柯清晨看着看着，眼眶湿润了，她想要的不过如此，有一个家，好好过年，但……太难了。

回到家，果然是凄凄冷冷的。李春君还在床上躺着，依旧颓废。柯清晨打开朋友圈，看到柯荣带着新婚妻子度蜜月的九宫格，她神情一冷，扔了手机，打开琴盒，找到那份亲子鉴定书，用打火机将它点燃，看着火一点一点地所有的是非化成灰烬。

再见了，爸爸。

柯荣在她的生命里什么也没留下，除了一点，那就是让她不相信爱。

她也不容许自己变成一个靠爱而生的可悲女子。

柯清晨陪李春君过了一个清清冷冷的年。

过了初七，她实在受不了了决定回学校。没有谁能救谁，除了自己。李春君需要的不是她的陪伴和开解，她要自己振作起来。柯清晨有时候想，她不愧是柯荣的女儿，都没什么良心。

可回到学校也是百无聊赖，宿舍只有她一个人，柯清晨每天除了看书就是看书，学校还没正式开学，就连外卖也没几家能点。柯清晨没告诉黎千远她返校了，像黎千远这样家庭幸福的孩子，这阵子应该忙着四处拜年，要是知道自己返校了，他肯定坐不住。

这天，柯清晨实在不知道点什么外卖了，索性换了衣服出去走走。

她坐上车，司机问她去哪，鬼使神差地，她的第一反应就是去"一厂时光"，那里有黎千远给她的"倾辰"，可万万没想到，迎接她的是另一片狼藉。

"倾辰"那个帐篷倒塌了，火锅底料、鲜花被丢了一地，服务员正在打扫，嘴里碎碎念："这个帐篷本来不对外开放的，这两天生意好，帐篷不够坐，老板才开放。结果遇到一对情侣吵架，吵得可凶，那个男的也是暴脾气，直接把火锅掀了。"

柯清晨没有说话，只呆呆地看着地上被踩来踩去、沾满了油渍写着"倾辰"的木牌，那是黎千远送给她的星辰小屋，就这么毁了。

"无妄之灾，真是无妄之灾！"服务员还在感叹，"别的帐篷都好好的，单单就它遭了灾。"

是啊，怎么偏偏是它？

柯清晨以为她会常常和黎千远来这里吃火锅，一直吃到毕业。结果她才来第二次，它就不在了。美好的东西果然都是脆弱易碎的。

柯清晨没多待，她把那块木牌捡起来擦干净，攥在手心就走了。

这晚柯清晨没怎么睡，脑子里反反复复一句"单单就它遭了灾"。她又看到那个画面，黎千远拉着她奔跑，她放开他的手。这次他回头了，她却一点点地后退，退到黑暗中，被长夜湮没。

她梦到小时候，柯荣和李香君日复一日地吵架、怒吼、扔东西，她站在一旁，麻木地看着，看烦了，要离开，却发现那个咄咄逼人、喋喋不休的中年女人竟长着一张自己的脸——她变成了另一个李香君。

柯清晨吓得拔腿就跑，她都不敢去看那个在摔东西的男人长什么样。

天亮了，柯清晨醒了，满身疲倦，却神志清醒。

柯荣和李春君也是爱过彼此的，却落得这样的下场，凭什么你柯清晨能逃得过？李春君会变成这样只是因为运气不好，爱错人，那凭什么柯清晨就会有好运气？

爱，它是会消散死亡的。柯清晨和黎千远的爱情也一样。

这个认知让柯清晨异常痛苦，只要想到有一天黎千远不爱她了，他们都变得面目可憎，她就非常绝望。

柯清晨沉浸在这阴郁的情绪里无法自拔，直到一阵敲门声把她惊醒。

门外传来低低的男声："您点的外卖到了。"

我没点外卖啊？柯清晨想，起身去开门。

　　门开了，黎千远就站在外面，穿着一身没见过的新衣服，特别的阳光帅气。他张开双臂，笑容满面地喊："怎么样？惊不惊喜？意不意外？感不感动？感动的话，我允许你到我怀里来拥抱三分钟！"

　　又来了……柯清晨看着自己青春朝气的男朋友，看着他俊朗清爽的眉眼，心里既惊喜又害怕，他……会变成梦里那个砸东西的男人吗？

　　不，柯清晨不敢想象。她张开双臂，投进他的怀抱，闻到他身上气息的瞬间，她感到安稳，又感到恐惧。

　　他们自然而然亲昵地抱在一起，柯清晨趴在黎千远的胸前，吸吸鼻子："千远，我饿了。"

　　"马上安排！"黎千远一口答应。

　　黎千远给柯清晨带了很多老家的特产，还有一盘特地打包好的"黎牌"水饺。

　　黎千远把饺子拿出来，说："这是我妈包的，我妈除了打我和包饺子行，其他都不行。我今年吃的时候，就想着让你也尝尝。"

　　其实是他清楚她这个年肯定不好过，要不然也不会一个人早早返校，他想让她有点过年的感觉。这点小心思，柯清晨哪会不懂。她看着水饺，个个肚大白胖滚圆可爱，发自真心地赞美："一定很好吃。"

　　"黎牌"饺子果然不错，柯清晨连吃了三个，馅都不带重样的，个个鲜美可口。她在吃，黎千远就在旁边笑眯眯地看着，问："味道可还行？"

　　"很可以！"柯清晨竖起大拇指，看着帮忙吹气的黎千远，忍不住伸手拍了拍他脑袋，还顺手摸了几下，像是在摸狗。

　　黎千远："……你摸狗呢？"

　　"是呢。"柯清晨点头，给他夹了个饺子，"来，旺财。"

　　"黎旺财"虽然很不情愿，但还是一口吞下。他瞪着她，她却笑得更欢了。黎千远没了脾气，破罐子破摔，还唱上了歌："我是不停追逐你的小狼狗，咬住你绝不松口，我是偷偷爱上你的小狼狗，跟在你背后从不回头，我是静静等待爱的小狼狗，我也有一种温柔……"

柯清晨乐了："哟，曲库还挺全的。"

"那是，这个寒假也不是白练的。"黎千远挺起胸膛，"以后请叫我情歌小曲库。"

柯清晨笑得牙齿都磕到了，不，她是真的被什么东西磕到了。她吐出来，是个晶亮的东西，一颗雕刻得很像太阳的钻石吊坠。

"哇！"黎千远叫了起来，"你吃到元宝了，接下来一年，你都会有好运气的。"

明明知道还故作惊讶，放在平时，柯清晨一定要说一句"真是浮夸的演技"，可她捡起这亮晶晶的石头，一时间竟忘了奚落，只是问："这是什么？"

"你看不出来吗？这是一块平平无奇的小破石头。"黎千远还装。

"哦？"

黎千远装不下去了，脸红了："上次不是跟你说，我要做你'白首不分离'的男朋友吗？我觉得要有点见证，就买了这个。这是世界上最硬的石头，你放心，这个不会坏。"

他肯定是听到帐篷被砸了的事，一大早赶过来，还带来一个精心准备的礼物。

柯清晨摩挲着坠子，镶坠子的边就刻着"倾辰"，又一件专属于她的"倾尽所有"。

最硬的石头不会坏。帐篷会坏，他就给她一个不会坏的。

柯清晨的眼角湿润了，心里五味杂陈，又甜又苦又涩，说不出的难受，这么好的黎千远，为什么他这么好。

千远，你真好，你要一直这么好就好了。

柯清晨强忍着把眼泪逼回去。她用力地握住坠子又松开，抬起头来，又是一张笑嘻嘻的脸，她问："钻石恒久远，一颗永流传。千远，你怎么不直接送个钻戒，一步到位？"

"你以为我不想啊？"黎千远懊恼道，"我这不是担心你做实验不方便吗，只好先送条项链。"

柯清晨露出"果然如此"的神情："我就知道你不安好心。"

黎千远恼羞成怒，涨红了脸："我是你'白首不分离'的男朋友，以后想娶你，有错吗？"

这次轮到柯清晨哑口无言了，她难得被堵住，眼泪差点夺眶而出，半天才管理好表情。她装作不在意的样子："好吧，你帮我戴上。"

黎千远拿出一条细细的白金链子，穿上坠子，挽起她的头发，低垂着眼睛帮她戴上，神情专注而认真。柯清晨也难得一本正经，甚至还有点紧张的样子，好像这是相许一生的仪式，一点儿都不输互戴戒指的郑重。

大概太有仪式感了，黎千远的手都有些抖，只能没话找话："这次不土了吧？"

钻石、定制、特意刻上她原本该拥有的名字，样式还是一枚亮晶晶的小太阳，一切都是独一无二的。

"还是土，送贵点就不俗了吗？"柯清晨回答。

黎千远：……

可下一秒，她又温柔地说："可我喜欢。"她转过他的脸，轻轻地亲了一下他的嘴唇，"谢谢你，我的凡夫俗子。"

黎千远快哭了，没想到有生之年他还能从柯清晨嘴中听到这样感人真挚的情话。

可没等他感动三秒钟，柯清晨捧着他的脸，认真地问："刚才的饺子是你亲手包的？"

黎千远点头，眼睛雪亮雪亮的，坐等夸奖。

"难怪了，"柯清晨点点头，"一锅饺子，就数它最丑。"

黎千远一阵无语，他生气了："把手放开，把项链还给我。"

"我不。"柯清晨不但不放开，还捏上了他的脸，像个调戏良家妇女的恶霸，亲他，欺负他，"怎么样，你能拿我怎么样？"

黎千远能怎样，他只能坐过去，闭上眼睛，和她甜甜蜜蜜接了个吻。

亲完，两个人都有点儿喘。柯清晨眼波撩人，压低嗓音神秘兮兮地问："现在四下无人，气氛正好，你想不想和我顺手洞个房？"

黎千远：……

他脸红心跳，面红耳赤，塞了个饺子过去："吃你的饺子吧，等你长大再说！"

"喂，我大四了，还大你一届！"

"哦，学姐好。"

柯清晨：……

06)

两人当然没洞成房，黎千远虽然心里万马奔腾，但他觉得他得做个人。爱要慢慢来，急不得。

柯清晨调戏不成，再次认定男朋友真是个冰清玉洁的人，她叹了口气："看来我还是不够美。"

黎千远恼了，怒道："你还有完没完？"

柯清晨笑了，继续津津有味地吃饺子："我就是想，还有八个小时才天黑，这八个小时还有漫漫长夜要如何打发？"

"这有何难？"黎千远难得霸气地打了个响指，"马上安排！"

他带她去看人山人海，过年嘛，哪有不出去凑热闹的道理。

黎千远带她去本地有名的旅游景点，什么步行街、网红地，哪里人多就往哪里凑。他们俩骑着一辆小电瓶车，走走停停，累了，她就靠在他的后背上，饿了，他就带她去吃当地的小吃。

柯清晨搂着男朋友的腰，笑容甜蜜，眼睛发酸。怀中的吊坠沉甸甸的，让她心痛。这么好的黎千远她能拥有多久？一年？十年？一辈子还是太长了，她从来不相信永恒，就像她不相信爱情。

可现在她遇到爱情了，因为她遇见黎千远了。

这个清醒的认知折磨着柯清晨，她好怕，怕爱，怕失去，怕变成下一个李春君，她不要变成一个为爱而生的可悲女人。

柯清晨的身上有两种基因，一种是李春君的至情至性歇斯底里，另一种是柯荣的没心没肺恩宠负尽。这两种基因在她身上各据一方，互不相让，造就了一个矛盾的她。

这一天他们玩得太晚了，就没有回学校。

黎千远看她玩得开心，灵光一闪，提了个主意，干脆这几天别回去了，也去周边的城市逛一逛，走到哪算到哪，等开学了再回来。

"好啊。"柯清晨一口答应，只要是跟黎千远在一起，随便他带自己去哪里。

接下来的几天，他们就这样到处走走逛逛。

最后一夜，他们去参加了一个音乐节。柯清晨拉着黎千远，像小疯子似的在音乐节地举办场地里乱窜，正玩得开心，突然被叫住。

"清晨？"是个大不了他们几岁的青年，满脸惊喜。

柯清晨愣了下，拉着黎千远大喊着冲了过去："空空！空空！"

原来那人是柯清晨很久之前的老朋友。李春君在酒吧驻唱时柯清晨总跟着，也认识了不少驻唱乐队的成员，其中就有空空。空空的乐队叫"空空的理想世界"，现在在圈内也颇有名气，他们的节目是今天的压轴。

老朋友许久没见，自然开心。空空带他们去见乐队成员，见面后大家都很是感慨，当年在酒吧做奥数题的小姑娘现在变成大姑娘了。柯清晨也很感慨，想不到当年连初级九宫格都做不出来的人组建的乐队，如今都成了音乐节的压轴嘉宾了。

气氛很融洽，黎千远看着柯清晨熟练地玩着各种乐器，无论是自在地打鼓，还是拨弄贝斯，都让他很讶异，也很着迷。他喜欢她这样，像这个年纪的女孩，活泼、爱玩、爱闹，暂时忘掉了父母带给她的阴郁。

柯清晨正在试乐器手感，抬头看到男朋友正注视着自己，眼神很温柔，好像她是他的荣光，他的骄傲。

她停下来，走过去问："看什么？"

看你好看呗。黎千远在心里回答，嘴上却说："怎么，有了大明星朋友，就不让看了？"

柯清晨乐了，也不接话，就一直看着他笑。

果然，没一分钟黎千远顶不住了，实话实说："没什么，就是觉得你刚才特别帅！"他又说，"如果当初你没有改志愿，坚持唱歌的话，现在肯定能站在压轴舞台上光芒万丈。"

他的眼睛亮晶晶的，显然坚信无疑。

柯清晨也想了想，如果当初没有改志愿，可能她真的行。但她很快摇了摇头："我不要光芒万丈。"

"为什么？"

"因为那样就不会遇见你。"

黎千远一愣，很快就笑了，眼里是藏都藏不住的开心。

柯清晨看不惯他这没出息的模样，瞪了他一眼，跑过去找空空。两个人不知道说了什么，只见空空的神情变得雀跃起来。

柯清晨很快就回来了，黎千远问："你们说什么了？"

"没什么。"柯清晨开心地说，"我找空空要了 VIP 位置，能站前面一点！"

有明星朋友就是好，当晚，两个人站在最前面，近距离地感受乐队的浪潮。

这个音乐节摇滚、迷幻、重金属什么类型的音乐都有，黎千远嗓子都要喊哑了。等了一晚上，终于等到"空空的理想世界"。空空上台，灯光打下来，他却没有马上开始唱，而是做了个嘘声动作："现在，我要请我的一个老朋友上来。"

黎千远感觉手被碰了一下，柯清晨笑眯眯地对他说："千远，你要看着我，一直看着我。"

"什么？"黎千远不懂。

柯清晨没有回答他，而是动作利落地跳上台，走到空空的身边，拿起话筒，神情轻松："大家好，我就是空空的老朋友，我想来唱首歌。"

这介绍是那么平淡，可她一开嗓，大家就疯了，场面重新躁动起来。

她唱的是《北风》，第一句是——北风，它寸草不生。

黎千远站在台下，最前排都是疯狂的乐迷，呐喊声几乎要把他淹没，可他没动。他静静地看着台上的柯清晨，终于明白柯清晨刚才为什么叫他要看着她，一直看着她，因为她要给他一个万丈光芒的表演。

台上的柯清晨此时就是万丈光芒的，没人知道她的名字，她也不介绍自己，但这些都不影响她的闪耀，只要她在舞台上唱歌就够了。她唱的这首歌叫《北风》，就像是为她量身定做，她在大片红色的背景下尽情地歌唱、宣泄。

北风，它寸草不生；

北风，它还在怒吼。

有一种风，叫北风。

南风它带来生，北风遍甲不留，

它一点生机都没有。

我的人生，它天天刮着北风，

野马在嘶吼，恶人在图谋，还有人歌颂，

你我皆小丑。

我问北风，什么是永恒？

它说去滋生腐朽的坟墓，

死亡最久远。

我问北风，你和黑夜哪个更冷？

它问天亮和天黑哪个更黑，

要死在制高点。

我问北风，

它说不要问，你不必样样都懂。

凡人皆寂寞，

人生是一场困斗。

我的人生天天刮着北风。

粗糙的歌词，阴郁的情绪，可黎千远仍忍不住为她着迷。

他看着台上的柯清晨，她肆意歌唱，尽情表演，那是他从未见过的燃烧着黑色火焰的另一个柯清晨。她叫他看着她，但此时的他不过是瞻仰她万丈光芒的众多人中的其中一个，他变得渺小而不重要。但是，黎千远的眼睛湿润了，他好喜欢她啊，而且想一直喜欢着她。

她唱她的人生，天天刮着北风，不是的，南风它会来的。

"现在，是空空的理想世界。"把舞台还给空空，柯清晨跳下舞台，黎千远接住了她，她还喘着粗气，脸上还残留着未褪的情绪。

"怎么样？你看到我了吗？"柯清晨问。

黎千远没有回答，只是伸手抱住她，嗓音沙哑："不要丢下我，清晨。"

他觉得北风要把她刮走了。

柯清晨胸口一震，心里竟有些胆怯。他是感受到什么了吗？她假装不在意地说："我只是去唱了一首歌。"

不是的，黎千远在心里想，他觉得她去了另外一个世界，一个很暗的地方。

是的，她要回到她的世界，她要回到黑夜。

她是在告别，一直在和他告别。

2 月 24 日

「你可以再包容我一次吗?」

——— 「我什么都依你。」

Time Cannot Dilute My Love For You.

牵挂你 ———时间可以抚平伤口，却冲淡不了我对你的爱。

不会
放弃 喜欢你

Liking you.

01

　　表演结束后，柯清晨和空空他们一起吃了顿夜宵。散场后，夜已经深了，柯清晨却还不想回去，她说想去看看刚才的舞台。

　　表演一结束，人就散了，现场一片狼藉，仿佛刚才的热烈疯狂只是一场海市蜃楼。

　　柯清晨跳上舞台，问："千远，我刚才唱得怎样？"

　　"黑夜中最亮的一颗星。"黎千远的眼睛带笑。

　　柯清晨笑了，张开双臂，心血来潮："我想玩个跳水。"

　　所谓跳水，不是真的跳水，就是表演者唱到尽兴时从舞台跳下，台下的乐迷会伸手接住，共同托起，这是摇滚现场常玩的游戏之一。

　　话音刚落，柯清晨就真的闭上眼睛跳了下来。她纵身一跃，跳得很决绝，黎千远也接得很果断坚决，他稳稳地抱住了她。

　　柯清晨睁开眼，入目是男朋友微笑的眉眼，她喃喃道："你接住我了。"

　　"是啊。"

　　柯清晨深深地看着黎千远，问："以后你会一直接住我吗？"

　　黎千远点点头。柯清晨笑了，把头埋进他的怀里，说："千远，你真好。"

他真好，她再也找不到比他更好的人了，也不会再这么爱一个人了。她此生无憾了，她拥有过黎千远。

她让他放下她，然后抬起头认真地看她的男朋友，像最后一次看他。她的眼神温柔而深沉，不舍又清醒，她看着他，问："千远，我是不是跟你说过我比较作，作天作地的那种作？"

黎千远点头。

"那我最后作一次，你能再包容我一次吗？"

黎千远笑了，女朋友哪里作了？她是天然的可爱真性情。于是他点点头，下一秒就听到柯清晨说："千远，我们分手吧。"

"什么？"黎千远蒙了，感到难以置信。她说什么，分手？

"千远，我们分手吧。"柯清晨又说了一遍。

这次黎千远听清楚了，他看着面前的柯清晨，她的神情很复杂，有痛楚有难过，但显然是认真的。他的大脑一片空白，只是本能地问了一句："分手？为什么？"

他们……难道不好吗？

是啊，为什么要分手？柯清晨也很想知道为什么。

难道告诉他，她有病，不相信爱情，怕他变成梦中那个和她吵架的男人，怕他们之间的一切变得面目全非，所以提前终止他们的关系？

不，黎千远不会接受的。

她只能装出不在乎的样子，神情冷酷地对他说："刚在一起时我让你选恋爱模式，你选了凡人模式，谈一场好聚好散的恋爱。现在我觉得够了，反正也要走了，就分手了。"

"可，可我，我后面换了啊。"黎千远被吓得都结巴了。

"但我从来没有答应。"柯清晨反驳。

黎千远仔细想了想，她确实从来没有答应过。在她家看日出的那次，他说要当她"白首不分离"的男友，她绕开了话题。

"况且，我要出国了。"柯清晨继续说，"有件事我一直没跟你说，也没和你商量。其实我一直在申请奖学金留学，你知道的，像我这种专业如果不继续深造是没有前途的。现在申请下来了，我很快就要走了。"

"我们可以异地恋。"黎千远急急道，"而且，我也可以陪你出国。"

"你出国能做什么？陪读吗？我是缺手缺脚还是生活不能自理，需要你来陪？还是你的人生一点正事都没有，就知道围着我转？"柯清晨苦笑，"反正我决定了，我们分手吧。"

黎千远被这分手打得猝不及防，忍不住问："那我们这些天算什么？"

柯清晨的嘴角动了动，扯出一个苦涩的笑，眼神悲伤道："你还不懂吗？千远，我是在向你告别。"

她所有的甜蜜和乖巧都是在向他告别，她要离开了，这是他们最后的时光。她要他看着她，因为《北风》是为他唱的。北风它寸草不生，黎千远终究还是治愈不了一个阴郁且患得患失的柯清晨。她要走了，爱要死在最高点。

原来他一直的感觉是对的，她要离开他。

可黎千远还是不相信，他后退一步，看着面前陌生悲伤的柯清晨，摇了摇头："不，我不答应，我不要分手。"

"那是你的事。反正我们结束了。"柯清晨冷漠地说。

她转身就走，把没反应过来的黎千远扔在原地。等黎千远反应过来，她已经坐上出租车走了，再打她电话，也提示关机。好像一切都早有预谋，她一直计划着这场盛大的分手，宣告他们的结束。

她最后的话隐约提醒着黎千远，这场恋爱仿佛没他什么事，这场恋爱起于她、终于她，现在她决定结束，他也没什么资格挽留。

可黎千远站在空荡荡的街头，还是不明白，明明好好的，怎么就分手了……

而此时，柯清晨坐在出租车内，神情依旧冷酷，仿佛她得保持着这个神情才不会崩溃。

她看起来阴郁极了，连司机都感受到了，他好心地问："小妹妹心情不好呀？"

柯清晨答非所问："师傅，你知道什么是永恒吗？"

"不知道。"司机很是疑惑，这是什么奇怪的问题？

"死亡。"柯清晨喃喃道。

什么都多变，唯有死亡最永恒。所以刚才，她谋杀了她的爱情。

她杀死了她的爱情，得到了一份永远不会变的爱。爱死在制高点，那他们会永远相爱，永远怀念。

她太喜欢黎千远了，她不忍心把黎千远变成那个梦中和她吵架的男人，她终究还是放开了他的手。

这是柯清晨想要的，她早想好的，只是——

她别过脸，一滴泪从眼角滑过，她从来没有想过会这么痛。只要想到黎千远一个人被扔在街头，她就说不出的难受。

这笨蛋，会去哪里找她？

02

柯清晨在外面晃荡了一夜，才身心俱疲地回到了学校。

她感觉黎千远肯定会找她，她不敢见到他，一见到他，她就怕自己变得不够坚决。

以前的柯清晨是没有心，现在的她被黎千远焐得柔软些，这样的软弱让柯清晨害怕，她已经变得不像自己了。

第二天回到学校，她果然在宿舍楼下看到了黎千远。他坐在地板上，靠着墙，神情迷茫，一看到她，他眼睛一亮，急忙站了起来，大步走过来，可能是蹲得太久脚麻了，还踉跄了一下。

149

柯清晨第一眼就看到他被风吹得干裂的唇，大概是一夜未睡，他的下巴都冒出了细细的胡茬。认识这么久，她的男朋友什么时候这么落魄过？

柯清晨看着他，脸上没有什么神情。

黎千远也看着她，觉得这样的她很陌生，又隐约觉得她就是这样的。

柯清晨等了十秒钟，见他没开口，就要走开，手臂又被他拉住。

"清晨，我们聊聊。"

柯清晨抬起头，语气很清醒："我以为我说得很清楚。"

她一副高高在上、我们无话可说的模样，比昨晚更冷漠更决绝，一下子就把黎千远想了一晚上挽留的话打得支离破碎。最后，他张了张口，只卑微地说了句："可不可以不要分手？"

这句话几乎把柯清晨的眼泪都逼出来了，可她还是硬生生地被逼了回去。她摇了摇头，眼睛通红："不可以。"

"为什么？"黎千远还是不明白柯清晨为什么要和他分手。

"因为我烦了。"柯清晨继续说，"谈恋爱比我想象中的无趣，现在我烦了，不想继续了。"

她的语气是那么轻淡，就好像两个人在一起不过是她的一场实验，现在实验结束了，他被抛弃了。

黎千远的大脑有些迟钝，冬夜的寒风把他的神经都吹麻木了。

"总之，你不要再找我了。我们分手了。"柯清晨甩开他的手。

黎千远想去拉她，没拉到。她走得太快，他又没什么力气。他呆呆地站在原地，看着柯清晨把手插在大衣的口袋里，神情无波无澜地走进了宿舍楼。

他完全不知道怎么办。

半晌，他垂头丧气地转身离开。起码他找到她了，她在学校，他放心了。

直到他走远了，柯清晨才敢到窗户边望一眼，她看着他的背影模糊成一个小黑点。

他应该会回宿舍好好地睡一觉吧？柯清晨想，这么大的风，她真的很怕他感冒。

黎千远确实感冒了，高烧不下。

在这反反复复的高烧中他收到了一个快递，里面都是他送给柯清晨的礼物——那个写着"柯清晨专用"的杯子，还有专门为她定制的"倾辰"项链。

柯清晨真的是个很决绝的女孩，说分手就分手，连处理礼物都不用再见一面。

黎千远在高烧中见到这些，没忍住，崩溃了。他捂在被窝里偷偷地哭，哭了一分钟，又生生地停下来，他觉得柯清晨不会喜欢这样的自己，太孩子气了，比柯清晨还不成熟，会让她觉得没有安全感。

安全感……黎千远脑海里突然蹦出这三个字，高温似乎使他聪明了一些，他联想到女朋友最近经历的事——父母不和，妈妈闹自杀，亲父再婚……他忽然觉得，不怪清晨要分手，她确实没有相信爱情的理由。可柯荣是柯荣，他是渣男，不代表世间所有的男人都是渣男，不代表他黎千远也是渣男啊。

黎千远觉得很委屈，等烧退了一点，他就立马去找柯清晨，想再见一见她，把话说明白。

他尽力把自己收拾得清爽帅气些，可他找不到柯清晨了。她不愿意见他，宿舍、教室、实验室都看不到她的身影。

已经开学了，黎千远也不可能天天在宿舍楼下蹲着，只能趁着下课过来问问，每一次等来的都是失望。

叶晓枫见他精神不佳，忍不住问："你们怎么了？"

"分手了。"

"为什么？"

黎千远也想知道为什么，他苦涩地笑了下："大概我不够好。"

笑容下，他的疲倦和憔悴掩饰不住，叶晓枫没再多问，说会帮他留意。

黎千远道了谢，头重脚轻地离开。

03

叶晓枫到底是和柯清晨同宿舍的，找人比黎千远方便。过了几天，柯清晨一回到宿舍，她就给黎千远发了信息。

好在黎千远来得快，在柯清晨实验室的楼下逮到了她。

"柯清晨！"黎千远扔下单车，大步跑过来。

柯清晨回过头，此时天色已暗，风很大，下起了小雨。两个人几天没见，却像隔了一个世纪那么久。柯清晨神色平静，眼里没有波澜，黎千远喘着气，急躁不安。

他终于又见到她了。

看着面前折磨了他这么多天的女孩，她却好像没事一样，黎千远有些失落，好像失恋影响不到她，她根本不在乎这段感情。他不知道说什么，半晌才开口："降温了，我们去吃火锅吧？"

柯清晨没说话，只是清醒地看着他，提醒着他，他们已经分手了，她不会和他去吃火锅。

"不吃火锅也可以，还有麻辣烫、串串，酸菜鱼也不错，校门口好像还新开了家店……"

"黎千远，"柯清晨嗓音清冷地叫他，这是她第一次连名带姓这么冷漠地叫他，"我们分手了。"

"那又怎样？"黎千远忍不住反驳道。

"分手了，我是不会和你去吃饭的，也不会和你一起看电影，更不会坐你的自行车，我……"柯清晨顿了下，下定决心似的，"我和你没关系了！"

黎千远听到这句话，顿时眼眶红了，他很孩子气地说："我不要，我

152

不要和你没关系！"

"知道我为什么一定要和你分手吗？"柯清晨有些不耐烦了，"就是因为你这样子！"

她前进一步，指了指实验大楼："黎千远，你看看这是在哪里，你再看看你自己，你配得上我吗？我们不可能永远都在学校，我大四了，马上要去留学，我会读博，将来回来就是博士，进研究院。可你呢，你的未来在哪里？继续拿着你爸妈赚的钱泡妞？无所事事下去？

"我们之间是不会有未来的，你知道我为什么一定要分手吗？因为我想及时止损。与其将来我回来嫌弃你，不如现在就结束。"

黎千远目瞪口呆地看着柯清晨，他怎么也料想不到她会说出这么伤人的话，他问："清晨，这都是你的真心话？"

"难道我说的不是实话？"柯清晨反问。

她……说的确实是实话。黎千远被挫败了，可是两个人谈恋爱也要门当户对吗？

"总之，你别再找我了。"柯清晨似乎也说累了，"我不想天天睡实验室，你别逼我最后几天还要到外面租房。"

说完，她错开他，就要离开。黎千远本能地拉住她，他也不知道自己要说什么，还能做什么，就是本能地不想让她走。柯清晨厌恶地看了一眼被他拉住的手，说："放开。"

黎千远被刺激到了，可还是问："清晨，你是为了分手才和我说这些话的吗？"

"你说呢？"柯清晨似笑非笑，错身离开，她走得很决绝。

黎千远哽咽了，哑着嗓子对她说："清晨，你伤到我了。"

她真的伤到他了，无缘无故地提出分手，又把他贬得一无是处，他继续说："你比陶菲菲更坏，陶菲菲只是把我的花扔进垃圾桶，你是把我的心扔在地上踩。"

急着离开的柯清晨身形微微一顿，她停下来，轻声说："是吗？那我很抱歉。"

扔下这样一句轻飘飘且毫无诚意的道歉，柯清晨就走了，她很快拐了个弯消失在过道，留下黎千远一个人站在长长的走廊上。走廊里除了他空无一人，陪伴他的只有风。北风，刮得特别狠。

过了很久，他才抬着沉重的脚步离开实验楼。走到半路，他回头看了一眼，这样到处都是高精仪器的地方他确实不懂，只配做个观光客。他没骑走单车，本来他骑单车也是为了她。

他在航天大学里晃荡，这所学校他跑过无数次，今天却第一次觉得自己和这里格格不入。黎千远茫然地往前走，路过学校的公告亭，他走过去，看到上面的出国名单上柯清晨的名字和二师兄并排在一起。她没有骗他，她确实要出国了。

认识了这么久，她从来没有骗过他。她坏，她没有心，她一开始就告诉过他，是他不信，固执地认为他能软化她，温暖她，结果把自己摔进了冰窟里。

雨开始变大了，伴着北风狠狠地打在他身上，又湿又冷。黎千远去超市买了把伞，黑色的，很大，撑开它就好像打开了一方黑色的世界。黎千远看着外面风大雨急，鬼使神差地，他又走到实验楼，把伞放下，放在柯清晨下楼必经的楼道。雨这么大，他刚看到她没带伞。

放下伞的瞬间，黎千远对自己很绝望，他真是无可救药了。

他重新走进雨中，好笑地想，为什么影视剧里失恋会下雨，他失恋也会下雨？他不需要这样的气氛烘托，他已经够难过了。

黎千远回到宿舍，他浑身已经湿透了，宿舍的兄弟哇哇大叫："大哥你失恋了也不能雨夜狂奔啊！"

黎千远苦涩地笑着说："失恋了总要有点仪式感，我们得有点后浪的样子。"

于是，他这个后浪当晚被救护车拉走了。

也是同一时间，柯清晨走出实验室，她一眼就看到了过道间的那把黑色大伞。

它被放在那里，没有人告诉她这是给她的，可柯清晨知道，那就是给她的。她撑着伞走进雨中，就像是一个黑色的幽灵。然后，她在雨中泣不成声。

这是柯清晨十三岁以后除了在妈妈闹自杀那次外第二次痛哭。十三岁，从看到那张亲子鉴定书起，柯清晨就发誓她这辈子再也不会为任何人哭，她不会让任何人伤害自己。

可现在她哭了，在雨中默默流泪，疼痛几乎要将她撕裂。柯清晨想，她这一生都不可能幸福了，她谋杀了她的爱情，谋杀了她所有的可能，她再也找不到像黎千远这样会心疼她的人了，她也不可能再像爱黎千远那样去爱谁。

她咎由自取，自作自受，她是这段感情的罪人。

她在这个雨夜，在黎千远的庇护下，流光了这短短一生所有的眼泪。

柯清晨回到宿舍，看到叶晓枫和王满满正要出门。

一见到她，叶晓枫就拉着她问："黎千远发烧住院了，好像还挺严重的，我们一起过去看看吧。"

柯清晨迟疑了一秒钟，"哦"了一声，收了伞，去拿毛巾。

叶晓枫被她这反应弄蒙了，问："你不去吗？"

"你们去吧，我不去。"柯清晨鼻音有些重，她艰难地回答，"我们分手了。"

"分手了连去看他一面都不行吗？"叶晓枫怒了。

柯清晨没有回答，径自去擦头发了，一副事不关己的样子。

叶晓枫气得脸都白了，还要说什么，却被王满满拉走了。

柯清晨坐着没动，继续慢吞吞地擦头发。一直围观的陶菲菲从自己的床上下来倒了杯水，路过她时，突然说了句："你也没比我好到哪里去。"

语气很嘲讽，陶菲菲等着柯清晨反驳，她却毫无反应，只木然地擦着头发。

陶菲菲自讨没趣，便上床休息了。后来，灯关了，她没再听到什么，便也睡了。临睡前她想，柯清晨也是个没良心的。黎千远这是什么体质？她都有些同情他了。

关于柯清晨到底有没有去看黎千远一眼，这一直是个未解之谜。

因为在黎千远的潜意识里，他一直觉得柯清晨来过。他被高温烧得迷迷糊糊时，好像看到柯清晨来了，用冰凉的手摸他的额头，还骂他傻，很温柔很有生气的样子。可是第二天醒来，他隐约看到一个人影，等看清了，才发现是叶晓枫。

叶晓枫见他醒了，很高兴："你终于醒了！怎么样，好点儿了吗？"

黎千远没有回答，嘴唇干裂，下意识地看了下四周。

叶晓枫懂了，没好气地说："她没来。"

黎千远谈不上失望，他知道这是柯清晨的做派，她一向是个说一不二的人，藕断丝连不是她的风格。他张了张口说想喝水，接过水杯后，他向叶晓枫道谢。

等嗓子不那么干哑，他又说了句："不怪她，我们分手了。"

04

黎千远觉得自己没救了，不然为什么柯清晨说了那么伤人的话，他还是不忍心说她一句不是。

爱啊，这就是爱情。黎千远想到自己这么难过，大概是遇到真爱了。

可真爱要离他而去，不要他了。

在医院的这几天，黎千远依旧反反复复地发高烧，肺部还感染了。在几乎要把肺咳出来时，他想到初识柯清晨时她也是咳成这样，他们就是因为一场感冒走近的。这下他不只是肺疼，心也开始疼了。

他想起了更多的事，想起他们之间的点点滴滴，想起柯清晨说他没心没肺；想起她三吻定情；想起他们第一次吵架；想起她父亲毫不留情的巴掌；想起她趴在他肩头哭……

想着想着，黎千远对柯清晨没有怨，只剩下心疼了。

他一直没有发现柯清晨原来爱得这么辛苦，让她去爱一个人，本身就是很大的挑战。

听说在黑暗里待得太久的人，是不会相信有白天的。

出院那天，黎千远想清楚了两件事。

第一，他不会再去找柯清晨求复合了，他了解她，她不会喜欢死缠烂打的男人。他想留给她的印象是美好的。第二，他还喜欢柯清晨，还想继续爱她，和她在一起。

多么矛盾，可黎千远就是这么想。这次生病让他突然明白一件事，爱情和感冒很像，这种伤风每一年都会来，今年可能是这个人，明年可能就是另一个人，大家多少都会中招一次，但他黎千远，以后只中柯清晨的毒。

黎千远出院后，又去找了一次柯清晨，这次他很容易找到她，她在图书馆，常坐的那个位置。

黎千远坐到她对面，跟她说别走，自己就是想说几句话，说完就走。

他说，分手他答应了，也不会再缠着她了，她不用躲着他。出国公告他也看到了，知道她很快就要和二师兄一起出国，有个相识的人一起互相照应他很放心。她说得很对，他出国是毫无意义的，不过是浪费父母的钱，他不会再有那种陪她出国的幼稚想法。

柯清晨很吃惊。

黎千远又说："可我还是喜欢你。所以，清晨，我想等你。

"我知道你分手是因为不相信爱情，不相信我。我也知道现在的我根本没法证明，但时间会替我证明。清晨，我妈替我看过命，说我二十八岁会结婚，我现在二十一岁，我会等你七年。这七年，我不会结婚，不会恋爱，不会和别人在一起，不会为别人心动。如果这七年里你还单身，也没遇见合适的人，还记得黎千远，就来找我吧。我的手机号码不会变，邮箱微信会一直用，只要你想见我，给我发一句话，哪怕一个表情包，我也会来找你。"

他说这话时很认真，一点儿都不像往日那个傻傻的少年，一次失恋，一场大病，他好像真的成长了很多。

柯清晨没说话，只是有些难以置信地看着面前的大男孩。

他们在一起小半年，可今天柯清晨才发现，她并没有真的看清他，没有看清他灵魂深处会发光。他又一次令她动容，也更令她……心痛。她当初为什么要招惹这么好的人，还和他在一起？他的坦荡和光明，他的深情和可爱该属于一个明媚灿烂的女孩，而不是一个如此阴郁的她。

在柯清晨沉默的时候，黎千远又补充说："这七年，我会努力证明，我是值得的。"

柯清晨痛苦地闭上眼睛，再睁眼，她就是那个清醒理智的柯清晨。她缓缓地摇头，字字清晰地说："千远，不要等。我不会来找你的，无论你是等七年还是十年，我都不会来的。我们分手了，结束了。你不用自我感动。"

黎千远快哭了，他发现无论自己做了多少心理建设，柯清晨总是能够轻而易举地伤到他。

他抬起头，委屈为自己辩解："我就是喜欢你，想和你在一起。"

"黎千远，你根本不知道七年有多长。"

"那你也不知道我有多喜欢你。"

柯清晨一愣，没再回击，她站起来，拿着书走了。如此平静，就好像她只是当他随便说说而已。

黎千远坐在原地目送她离开，半晌才站起来。他在心里说，这是我和柯清晨正式分手的第一天，也是我们准备要复合的第一天。他会证明的，他会成熟长大，长成一棵大树，能为她遮风挡雨，能给她阳光雨露。

柯清晨离开后，内心复杂痛苦。

她不想黎千远等自己，她不明白为什么黎千远会这么固执。他就不能当这是一场普普通通的恋爱吗？为什么要这么执着？七年，七年后又怎样？柯清晨还是一个没心没肺的人呀。

黎千远太傻了，他还是不懂，他们和别人不会有什么不同。他们互相吸引，在一起，相爱，可有一天，他们也会相互厌恶。牵着彼此的手，像左手牵着右手，看着彼此的眼神不再充满爱，只要他们活在这世间，就逃不过这烂俗的结尾。

这也是她一定要分手的理由，与其等到将来相看两厌，不如结束在彼此相爱的那一刻。可他说要等她七年，等她到二十八岁。他知道她不信他，就换个方法来证明，证明他们可以地久天长。

可她不要，他以为他的人生有多少个七年？一辈子能遇见多少人？

柯清晨怕的不是这七年里黎千远变了心，而是七年后，她依旧是一个人铁石心肠的人。这场仓促散场的恋爱黎千远从来不懂，是她不配。

黎千远信守承诺，没再来找柯清晨。

他们再见面是在柯清晨出国那天，黎千远去送她。他不想别人都是一堆亲朋好友，只有她孤单一个人。

或许这可能是两人的最后一面，柯清晨没有赶他，神色平静。

两个人静静地坐着，和那些来送别的人完全不一样，他们太安静了。到底还是黎千远开了口，他碎碎念，要她好好照顾自己，别累着，要为全人类保重自己，毕竟她将来是要影响人类简史的科学家。

柯清晨好久没有听到这些话了，想起最初他开口闭口都是"大神"，那时的他多快乐啊，可现在的他连眉眼都染上了深沉。如果时间能够重来，她一定不会去招惹他，但这样，她就不会知道和黎千起在一起是多美好的事。

柯清晨内心矛盾，她忍不住侧身，去看她的阳光少年，他依旧阳光帅气，有很好看的卧蚕，有很可爱的酒窝。他真好，还说要等她到二十八岁。

"黎千远，"柯清晨终于还是开口了，她问，"我带给你的是不是只有失恋的痛苦和感情的阴晴不定？"

黎千远用一种"你怎么会有这种想法"的眼神看她："才不是。"

"那是什么？"柯清晨想象不出，除了这些自己能给他带来什么。

黎千远指了指自己的嘴唇，说："你忘了吗？你要我记得，我的一二三都是你。"

在那个布满鲜花的帐篷里，她吻了他三次，对他说，他人生的第一次、第二次和第三次亲吻都是她。

黎千远看着她，认真地说："清晨，你带给我的才不是失恋的痛苦和感情的阴晴不定，而是初恋的美好。和你在一起，我才明白你才是我真正的初恋。是你让我知道喜欢一个人和被人喜欢是什么感觉；是你让我明白喜欢一个人会不由自主地微笑；是你让我知道恋爱的所有美好以及'在一起'这三个字的全部意义。"

黎千远说着说着，眼角湿润了，他忍不住伸手去抚摸柯清晨的脸庞："这一切都是因为你，柯清晨，你永远不知道你有多好。"

柯清晨的鼻子有点发酸，她说："那你当时为什么不和我洞房？"

如果她当初毫无保留，她现在的愧疚就会少一点吧。

黎千远笑了，笑中带泪，他说："清晨，我们来日方长。"

不会来日方长，柯清晨终于回应了他的七年承诺："黎千远，你不要等，你等不到我的，今天就是我们的最后一面，我们不会再见。"

连离别也不让他好受，黎千远的眼睛红了。

"所以，别等了，忘了我，好吗？"柯清晨难得温柔地说，几近乞求。

黎千远只能选择放她离开，眼睛红得像只兔子，却还是一直在给自己做心理建设——柯清晨只是出一趟门，很快就回来了。她不是远走高飞，她只是去好好想一想。

柯清晨坐上飞机，心情沉重。

二师兄递给她一个信封："你的。"

柯清晨打开，是那条"倾辰"项链，沉甸甸的太阳吊坠闪着晶亮的光。

她捏着项链没有说话，信封上还夹杂着一张纸，是《种太阳》的歌词，是黎千远的字。

我有一个美丽的愿望

长大以后能播种太阳

到那个时候世界每一个角落

都会变得都会变得温暖又明亮

她想起那次在她家里，他为她弹了一首《种太阳》，他问："我把太阳种在你心里你了吗？"

种下了，她紧紧地握着项链，他把太阳种在她心里了。

他说，他终于知道他为什么姓黎，因为他是来给她一个黎明的。

他姓黎，可他不应该叫千远，因为黎千远，离她千里之远。

他送她一个黎明，她送他一个千里之远。

柯清晨把项链戴上，想起他为自己戴上时的模样，眼泪毫无预兆地落下。

二师兄很惊奇，笨手笨脚地递上纸巾："别伤心。"

柯清晨接过纸巾去擦眼泪，也惊奇道："二师兄，你今天竟然会说人话？"

"你以为我想啊！"二师兄面无表情，"他叫我照顾你。"

他不说还好，一说，柯清晨又哭了，哭完之后，她又问："他还说了什么？"

二师兄便复读机般地重复道："他说，柯清晨就是个孩子，你别惹她生气。"

05

这就是黎千远和柯清晨的恋爱往事。一段平平无奇的恋爱，相爱、在一起、分开，但对黎千远来说，足够刻骨铭心。

柯清晨走后，如她所说，彻底断了他们之间的关系。黎千远不意外，又难免消沉，他拼尽全力还是留不住她，也不知是柯清晨铁石心肠，还是这段感情对她来说无所谓。

黎千远不去想，只是暗暗下定决心，他要做一个配得上她的人。他不想有一天他们再次相见，他在她眼中依旧是个只会用父母的钱泡妞的人。

大学最后一年，黎千远专注学业，很少再往航大跑了，只有在想她时才会去他们曾经一起走过的地方坐一坐。

毕业离校那一天，黎千远最后去了一趟航大，他去看了那棵种在宿舍楼下的黑魔术，他们因它结缘。一年过去，它长得更好了，枝繁叶茂，似乎人世间的情情爱爱分分离离，都与它无关，它只管开出自己的美丽，有没有人看也不重要，这倒跟柯清晨很像。

黎千远在楼下碰到叶晓枫，叶晓枫向他表白，说她一直很喜欢他，可前有陶菲菲，后有柯清晨，现在要毕业了，马上大家就要各奔东西，可能不会再见，这是最后的机会。

黎千远很讶异，他们认识这么久，他一点儿都没有察觉出叶晓枫的心意，但他还是很感激她，有人喜欢，他大概还是有可取之处的。

"我，我还喜欢柯清晨，还想继续喜欢她。"黎千远结结巴巴地拒绝了。

叶晓枫笑了，如释重负的样子："我知道，我就是想告诉你，我喜欢你，喜欢你很久了。"

柯清晨说过，不要把期待放在别人身上，想要什么就自己去拿，想给他什么就自己去给。叶晓枫不是柯清晨，也永远不会成为柯清晨，她没有柯清晨那么勇敢决绝，但她还是为她的爱勇敢了一次，她没有遗憾了。

她问："那你还要喜欢她多久？"

黎千远摇头，神情迷茫："我不知道，大概要很久吧。"

他跟叶晓枫讲了他的七年之约，他没跟别人提过这个约定，却跟叶晓枫说了，大概是因为他和叶晓枫很像，都爱而不得，另外，他并不值得叶晓枫继续浪费时间。

叶晓枫懂了，她笑道："你放心，我并不是要等你，我只是出于对朋友的关心。"

黎千远点头，看着黑魔术，半晌喃喃问了句："你觉得我等得到她吗？"

他所谓的七年之约，其实根本就是他一个人的固执，她从头到尾并没有答应，可能他漫长的爱情最后不过是一场独角戏。

"这重要吗？"叶晓枫反问。

黎千远没回答，只是抬头冲她笑了下。笑得很无奈，也很温柔，他垂着眼眸看花的神情就像在看自己的恋人，深沉而内敛。

其实，他早有答案，叶晓枫想。她突然发现，以前她觉得她不会是柯清晨，现在她发现她也不会是黎千远。她不会这么情深，这么无怨无悔地去爱一个人。

她对黎千远已经结束在表白的这一刻了。她向他告别："再见，千远。"

"再见，晓枫。"

平凡而伟大的黎千远就这样毕业了，毕业后，他和所有应届生一样投简历、找工作、租房。

他始终没有忘记柯清晨的话，干啥啥不行，花钱第一名。他很想知道没有父母的帮助，他能干成什么事。事实证明，柯清晨说得没错，他确实普普通通。

他找了个不上不下的工作，成了一个毫不起眼的上班族，工作耗尽了他大半精力，而衣食住行耗尽了他大半工资，勤勤恳恳工作大半年，黎千远发现，他没存下多少钱，也就勉勉强强过年给父母包了个红包。红包不大，却把他爸妈感动坏了，每天花式夸他，见人就炫耀他儿子是个设计师，会赚钱，懂事孝顺了。

黎千远受之有愧，第一次发现父母老了，头上有零星的白发。

这个年黎千远过得很难受，不单是发现自己的弱小无力，还因为跨年那晚看到窗外的漫天烟花时，他想给柯清晨发一个新春祝福，却发现自己被她删掉了所有的联系方式。他只能给她不知道有没有在用的邮箱写了一封信，他说：

春节快乐，清晨，我很想你。我还是单身，没谈恋爱。有人问我还会喜欢你多久，我说不知道。现在，我想我知道了，我会一直喜欢你，直到不能够再喜欢你。

所以，清晨，快回来给我充个电吧。

——依旧单身的黎千远

PS：怕你忘了我，附上英俊照片一张。

再PS：英俊照片太多了，再多放一张。

接下来就没完没了，黎千远有事没事就会去骚扰柯清晨的邮箱。

他简直把邮箱当朋友圈用，无时无刻不在分享自己的动态。今天吃了什么，去了哪里，被老板骂了，还有，想她了……唠唠叨叨，就算每封信无一例外地石沉大海，他依旧乐此不疲。

有一天，黎千远走在上班的路上，突然被一辆车撞了，在他以为自己要命悬一线时，他冒出的最后想法是想见柯清晨一面。没再见她一次，他会死不瞑目的。

黎千远当然没死，车行得慢，他伤得不重，就是头上被撞了个大包。

黎千远拍了张血淋淋的照片给柯清晨的邮箱发过去，想以卖惨的方式求前女友看他一眼。

依旧毫无回应。黎千远卖惨不成，心又碎了一地。出院后，黎千远辞职了，这场车祸让他明白一件事，生命是脆弱的，他要用有限的生命去创造自己的价值。与其继续当一个平庸的上班族，他不如站在父母的肩膀上去奋斗属于自己的事业。他想明白了，有外挂不开白不开。况且，如果想让柯清晨看到他，他必须站得高一点。

回去继承家业前，黎千远去了一趟安城，结果又碰壁了，那里已是物是人非。李春君把房子卖了，新业主正在重新装修。黎千远问他有没有前房主的联系方式，新业主说没有，前房主说不想和这里再有任何关系。李春君不愧是柯清晨的妈妈，做起一刀两断的事情也是干净利落。

黎千远很失落，他沿着安水河走了一圈，看着宽阔的河面，也很想把自己的爱情沉入河底，可他终究舍不得。

这是柯清晨杳无音讯的第二年，黎千远还在等她。

Her

7 月 11 日

「你回来找我了？」

────────「是呀。」

I Can Reconcile With Anything, Because Of You.

原谅
你 ──当你再度出现在我眼前，我便和过往的一切都和解了。

清晨的

Beautiful

黎漂亮

01

回到家，黎千远正式继承家业，成了一名光荣的花农，天天下田学种花。

他家是搞园艺花圃的，黎千远别的没有，却坐拥百亩花田。他跟着爸爸学经营，本来是个很正经的继承人，但命运就是这么奇妙，拐了个弯，他成了一个主播。

那完全是个意外，有一天，黎千远上大学的表妹来花田玩，她带着无人机拍视频。一望无际的花海里突然出现了汗流浃背笑容羞涩的黎千远，他的笑容比清晨的朝阳还灿烂，酒窝比身边的花还迷人，他抱着一大把杏色的蜜桃雪山，走在花海里。

"表哥，你的花有名字吗？"

"蜜桃雪山，一种高档切花，来自荷兰，2004 年推出，花色温暖，高雅时尚，常用在婚礼、庆典等大型典礼上。"

"还有呢？还有呢？"表妹又问。

黎千远便想了想，他看着花儿，半晌，有一种很温柔的语气回答："它的花语是钟情，爱上你是我今生最大的幸福，思念你是我最大的痛楚。"

　　就是这样短短的一小段视频，黎千远红了，红得很莫名，不知道戳中了网友哪个萌点，反正他就是红了。

　　网友 A 说：这个视频没什么意思，我也就看个一百八十遍。

　　网友 B 说：我一点都不吃他的颜，是他笑太甜。

　　网友 C 大骂：这个该死的大帅哥！

　　网友 D 评论：他说花语是钟情时，我的心好像要碎了，他的笑好像花的眼泪，明媚又忧伤……

　　大家都叫他甜野男孩，因为他在太阳底下莳弄花草时，汗水顺着他被晒黑的脖颈流下，有种莫名的性感，搭配着他清澈专注的眼神，又甜又野，矛盾和张力十足！

　　黎千远看着这些嘻嘻哈哈的留言，没当一回事，脑子却突然灵光一闪——他要是红了，她是不是也能看到他？

　　抱着试一试的心态，黎千远开了直播，他本来就是个"5G 冲浪选手"，接梗抛梗不在话下，一个晚上效果竟然不错。

　　放下手机，黎千远认真思索要不要当网红，他无所谓红不红，他只想让柯清晨看到他。况且，这是一个赚钱的机会，这样，他就有底气和柯清晨谈未来。

　　一切就顺理成章了，黎千远抓住了时代的机遇，接下来，他拍视频、科普养花，成了一名科普种花博主，然后直播卖花。他让花圃的销量翻了三倍，不但解决了自家花圃的销售问题，还带着周边的花农一起致富。

　　都说今生卖花，来世漂亮，黎千远给他的账号取名"清晨的黎漂亮"。

　　粉丝问为什么是清晨，不是中午，不是黄昏？

　　黎千远说，早上的花儿带着露珠最美。他没说的心里话是，他是柯清晨的男朋友，当然是"清晨的黎漂亮"。他没忘记以前柯清晨总爱奚落他爱漂亮，一星期衣服都不带重复的。

红了之后，黎千远专注事业，他要拍视频、做主播，还要管理花圃，培育新品种。一个新品种的面世要经过漫长的育种过程，也是烧钱之路，饶是如此，黎千远也希望他能有一个自育品种，他主攻玫瑰，玫瑰是有刺的，像她。

但是再忙，每一年的冬天，黎千远都会去一趟安城，那些他和柯清晨去过的地方，一起做过的事，黎千远从来都没忘。他总是想，或许她来过，或许他们会再见。

但是没有，命运眷顾了黎千远的事业，却把他的爱情遗忘在一边。柯清晨依旧杳无音讯。

就这样一年又一年，时间过得很快，在柯清晨消失的这段日子里，周围发生了很多事。

比如，当年黎千远设计的空中花园真的成了网红餐厅和年轻人的打卡地；比如，黎千远的发小米杨重逢初恋柯以寒，一番波折后两人终于在一起了；又比如，空空他们参加了一个乐队综艺节目，彻底大红……

世界每天都在变，每天都在发生很多事，除了黎千远，他依旧在柯清晨的邮箱更新着朋友圈，依旧单身，依旧等着他的恋人。

就这样不知又过了几年，连米杨和柯以寒都要结婚了。

米杨很得意，她终于拿下男神修成正果，无时无刻不在炫耀。黎千远嗤之以鼻，好像谁没爱过似的，他也有一段刻骨铭心的爱情好不好，只是他很低调，从没有昭告天下。况且，黎千远很看不上柯以寒，因为他也姓柯，也是个学神。

黎千远觉得这些学霸都很喜欢玩弄学渣的感情，而且姓柯的都不是什么好东西！

可惜发小被爱情蒙蔽了双眼，不但不认同黎千远的理论，还嘲笑他是酸葡萄心理。更过分的是她还拉着他去拿婚纱。拿婚纱这么隆重的事当然得新人一起去，但柯以寒临时有事，去不了。

黎千远趁机诋毁了柯以寒一番："你看你看，渣吧，他连拿婚纱这么大的事都不能陪你，以后肯定靠不住。"

"哎，是我知书达礼让他先去处理公事的好吗？"米杨拍了拍黎千远的肩膀，"我看你就是单身太久了，不阳光了。别丧，回头我给你介绍女朋友。"

"不需要，谢谢。"黎千远冷漠地拒绝了。

其实婚纱早就订好了，就是上次米杨试穿，发现腰那里需要改，现在改好了才来拿，真不是柯以寒连试婚纱都不陪她。

黎千远坐在外面等，想着连最不靠谱的米杨都要结婚了，他还没有柯清晨的消息，不禁悲从中来。

米杨出来，看到发小一脸惆怅，讶异道："是我把你美哭了还是你舍不得我嫁人？"

她又安慰他说："你放心，结婚后我们依旧是好哥们儿，柯以寒排第一，你肯定排第二。"

黎千远收起惆怅，看着发小说："你想多了，我就是想到你要嫁人了，再也祸害不到我，一时喜极而泣。"

米杨：……

改后的婚纱刚刚好，米杨去换衣服，出来有了主意，她叫住黎千远："还不能走。"

"怎么了？"

米杨说他们的朋友煊煊会来当她的伴娘，但煊煊太忙了，得婚礼那天才能赶过来。她想让黎千远帮忙试一下伴娘礼服，因为煊煊高，一米七一，找个男人来试穿再合适不过了。

"你看我只有一米七一吗？"黎千远一脸拒绝，穿女装，他才不干。

但米杨是被拒绝一次就放弃的人吗？她使出撒泼大法，黎千远被闹得脑壳疼，最后还是被连人带礼服地塞进更衣室了。

黎千远忍辱负重地套上礼服，搞不懂这奇怪的设计——粉红色，露背，后背还要绑个大蝴蝶结，又是绸缎又是薄纱，一层一层地绕得他头晕。

黎千远一个劲儿地在心里吐槽，好不容易把礼服穿好，推开门，提着裙子走出去，然后，他看见了一个绝对不会出现在这里的人——柯清晨！

黎千远觉得自己在做梦，要不然他怎么会看见柯清晨？这一定是幻觉！可那确确实实是柯清晨，长发，爱笑，五官精致。她穿着白色长大衣，手插在口袋里，懒洋洋地站在他面前，永远舒服自在，永远明艳动人。

米杨看到后说："千远，介绍一下，这是以寒的妹妹，清晨，刚从国外回来。她来参加我和以寒晚上的订婚宴，听说我要试婚纱，就过来帮忙。"

清晨，国外回来……没错了，名字地址都对得上，这确实是柯清晨。

柯清晨也落落大方地伸出手，笑吟吟道："你好，我是柯清晨！"

好像他们从来没有认识过一样。

黎千远木头人般傻愣愣地看着她还有她伸过来的手，站着没动，依旧保持着提裙子的姿势，可笑极了。可他的眼睛却在一点一点地变红，眼里有克制的情绪在涌动。

这么多年未见，柯清晨你怎么能这么云淡风轻地说你好？

"咔嚓"一声，手机拍照的声音打断了黎千远翻涌的情绪。他扭过头，看到米杨正拿着手机冲他挤眉弄眼，笑得好不开心。

"千远，看不出来，你穿这身还挺美的。"

黎千远低下头，看到 V 领下自己练得结实的胸肌，终于意识到他还穿着女装！

他又抬头，果然看到柯清晨一脸揶揄的笑脸，一副"我竟不知道你有这种爱好"的神情。

他可以解释的，黎千远又觉得自己不用解释，柯清晨才是那个需要解释的人，他这种苦守寒窑十八年的大好男青年，穿个女装怎么了？

柯清晨在笑，眼睛笑成好看的月牙形，又坏又可爱，仿佛站在春风里，是他熟悉的模样。

终于，黎千远在这百感交集的羞耻中崩溃了。他没去握柯清晨的手，而是提着裙子跑了，一路狂奔，落荒而逃，留下米杨和柯清晨面面相觑。

米杨丈二的和尚摸不着头脑："他不是开不起玩笑的人。"

"可能突然不好意思了。"柯清晨笑笑，她比谁都清楚他为什么要逃。

02

黎千远一路狂奔，穿着裙子窜进车里，又开着车逃离，直到没头没脑地把车开到一个僻静处他才停下来。他仍处于呆滞的状态，除了一颗怦怦乱跳的心。是真的吗？那真的是柯清晨吗？他掏出手机找米杨确认："柯以寒的妹妹真叫柯清晨？你帮我看一下，别是旁人假扮的！"

"神经病！"米杨挂了电话。

黎千远又打了过去："你再帮我看一下，她是不是身高 166，本科读的航空航天大学，专业是飞行器设计与工程专业……"

"你查户口呢？"米杨被黎千远弄糊涂了，但她很快就想明白了，发小大概是瞧对眼了。她打击他，"人家是博士，你一个卖花的，就别妄想了。"

啧啧，这还没上门呢，就维护起人家的妹妹来了。黎千远深沉地说："你不懂，爱情是不讲道理的。"

他挂了电话，想，何止是爱情不讲道理，命运也是不讲道理。要不然柯清晨怎么会突然成了柯以寒的妹妹？还这样出现在自己面前？

黎千远想过无数次他们的重逢，但没料到会是这样一个场面，他真是被狗血浇了一身。

他又想到米杨以前隐约提过她是拒绝成为豪门儿媳妇的人，柯以寒有个富豪生父。只是他对柯以寒有偏见，从没细问。其实想想，他们都姓柯，柯荣抛下原配儿子跑路，再隐瞒真相和李春君重婚，生下柯清晨，时间和故事都是对得上的。

真可笑，他满世界地找柯清晨，却没想到柯清晨就在他身边。

黎千远回到家，立马把烦琐的礼服脱掉，紧接着洗澡、刮胡子、换衣服，内心小鹿乱撞。

柯清晨回来了！

他把自己收拾得比新郎还英俊后来到订婚宴，站在门口等，风有点大，吹得他脸有点疼。有人叫他进去，他拒绝了，他想第一时间看到柯清晨。一小时，两小时……柯清晨终于来了，却是跟在柯家人的后面，笑吟吟地经过他，礼貌客套地点了下头，连多余的眼神都没有，好像他们的关系就只有下午的一面之缘。

黎千远就这样看着她从自己面前走过，大脑一片空白。

一晚上，黎千远就坐在自己的席位上看柯清晨怡然自得地夹菜吃饭，跟人微笑寒暄，十分礼貌得体。她坐在柯家人那边，扮演着很讨人喜欢的小姑子，一点都不尴尬。

柯清晨的无视让黎千远觉得非常委屈，情绪无处发泄的他开始喝酒，起初是帮米杨挡酒，后面就是被灌。宴会上，大家对柯以寒突然出现的漂亮妹妹很感兴趣，纷纷借机搭讪。黎千远看不过去，去教他们做人，于是，他成了被灌的对象。

一杯接一杯，最后，他喝得晕乎乎的，坐在椅子上发呆，迷迷糊糊看到柯清晨朝他走来，俯下身，轻声问："千远，圆房吗？"

黎千远抬起头，费力地眨了下眼睛，确实是柯清晨，怕他听不清楚般又问了一遍。

圆，为什么不圆？黎千远的心和脸一下子热了起来，他果断拉起柯清晨就朝外面跑去。拜托，这里可是他家的别墅，是他的地盘，他怎么能让柯清晨这个没有心的小妮子撒了一晚上的野，到了他的地盘还践踏他的心？

黎千远拉着柯清晨跑进房间，又转身去锁门，确定门锁好了，他去找柯清晨。

柯清晨就站在他面前，已经把外套脱了，穿着绑着蝴蝶结的收腰 V 领连衣裙，露出精致的锁骨和雪白的颈脖，神情看起来特别乖，很无辜，但眼里的野性掩藏不住，是他熟悉的模样。

"然后呢？"她问，黑眼睛亮晶晶地看着他，什么都没说，又似乎有千言万语。

黎千远醉酒的脑袋无法思考，他本能地去摩挲她的脸，她像小猫一样把脸贴在他的手心上，柔弱无助。黎千远没有废话，他捧起她的脸，吻了下去，柯清晨没有拒绝，她抱住他的腰，温柔地搂住他。

之后发生了什么，黎千远一点也记不起来了，他醒来就看到他们躺在同一张床上，柯清晨就睡在他身边。没等他看清她的睡颜，柯清晨也醒了，然后她微微一笑，开始尖叫，黎千远在柯清晨的哭声中头痛欲裂。

接下来的事情大家都知道了，他们被抓了现形，场面十分不雅。黎千远百思不得其解，他明明记得他锁了门的。

但事已至此，已经盖棺定论，他们现在已经是家长眼中的准新人了。

黎千远不是后悔，他就是拿不定柯清晨的想法。

此时，他恶向胆边生，磨刀霍霍地问柯清晨："你到底想怎样？"她敢躺到他床上，他就敢跟她结婚。

他的小九九太明显，柯清晨一下子就看透了，还是那慢悠悠的语气："你怎么知道是我主动躺你床上，而不是你兽性大发把我拉上床？"

"不可能！"黎千远否认，拍着胸膛维护自己正直高洁的人格，"我不是这样的人！"

"那你的意思是我霸王硬上弓喽？"

黎千远：……

他下意识地看了眼柯清晨，这小身板肯定制服不了一周举三次铁的他，他不由得怀疑起来，难道真是他喝醉了，画风这么野？

他用他宿醉的脑袋想了又想，还是记不起来，只能心虚地请教："那啥，我们那啥了吗？"

"什么？"

黎千远的脸更红了，瞪了她一眼："圆房啊！"

"哦。"柯清晨恍然大悟的样子，反问，"你说呢？"

黎千远仔细思考起来，觉得身上没什么不适，小妮子也活蹦乱跳的，便得出结论："应该没有吧？"

柯清晨似笑非笑地看他了半天才说："放心，你还是那个冰清玉洁的黎千远。"

黎千远不知道自己是该失落还是庆幸，总之很矛盾。他索性不纠结了，转移话题："你别再说冰清玉洁了，我现在已经是个历经千山万水走过滚滚红尘的男人了。"

"是吗？士别三日，刮目相看，看来黎公子长进不少。"柯清晨惆怅地叹了口气，"我以为黎公子会为我守身如玉呢。"

黎千远在要不要面子中纠结了很久，半天才嗡嗡地说了句："守着呢。"

"什么？"

黎千远不要面子啊，他转移话题："昨晚我没做什么奇怪的事吧？"

柯清晨笑，黎千远恼羞成怒了："问你话呢。"

柯清晨只得回答："没有。没有兽性大发，也没有酒后乱性，更没有胡言乱语。"

自己这个后浪怎么就一点都不浪呢！恨铁不成钢的黎千远还得嘴上逞强："我就说了，我是个正人君子。"

柯清晨笑而不语，其实……还是有的。

他们拥吻在一起，气喘吁吁时，黎千远停下了，他捧着柯清晨的脸问："你是我的清晨吗？"

柯清晨点头。

黎千远又问："你回来找我了？"

柯清晨又点头。黎千远睁着通红的眼睛看她，然后哽咽了："清晨，你怎么现在才来找我？"

他开始哭诉她从不跟自己联系，他一个人等得好辛苦。他有空就给她发邮件，可她从来不回。他做主播了，只要有网就能看到他，连他的名字也是"清晨的黎漂亮"，可她还是没出现过。好不容易柯清晨出现了，还装作不认识他。

黎千远委屈极了，压抑着哭腔问："清晨，你是不是忘了我，不喜欢我了，不然你怎么不会心疼我？"

柯清晨捧着他的脸，亲了亲他的眼睛，说："对不起。"

"那你还喜欢我吗？我这几年很努力地在赚钱，不敢吃多，不敢变胖，不敢不上进，就怕你不要我。你看，我没变丑吧？"

"没有，你没变丑，还是和以前一样好看。"

"那你还爱我吗？"

柯清晨没有回答，她只是看着他，吻了他一下，吻掉他眼里的彷徨。

黎千远满足了，他看着她，又不放心地问："你不会以后又走吧？"

"不走了。你要是不放心，可以抱着我。"

于是，黎千远抱着她甜甜地睡了一觉。

第二天，两人醒来，黎千远看到身边的柯清晨，感觉像做梦一样。怕她又消失不见，他决定快刀斩乱麻，对柯清晨说："既然大家已经误会了，那就误会吧。往好处想，我们也算是见过双方家长，还得到了亲朋好友的一致祝福，虽然是尴尬了些，但结婚的程序一样都没少，你看，咱们什么时候去把证领一下？"

禽兽啊，才刚见面就想着去领证！柯清晨笑了："千远，四年没见，你觉得我会随随便便和你领证？"

"哎，"黎千远这两年当主播，被黑粉黑得脸皮越来越厚，甜言蜜语张嘴就来，"咱们都是躺在一张床上的人了，别这么见外嘛！来吧，结婚吧，大家肯定喜闻乐见。"

可柯清晨是谁，她来了句："我们是同床共枕过，不过还没坦诚相见吧？所以，还远着呢。"

黎千远：……

他闷闷地问："那你什么时候和我在一起？"

"你还没追我呢，我得考察一下。这么多年没见，我怎么知道你有没有养成什么恶习，或者有我不知道的特殊爱好。"

这是暗示他们这次重逢，他穿女装呢。

黎千远就知道这茬不会轻易过去。他的脸挂不住了，努力维护自己的骄傲："不追，谁知道你是不是又想玩弄我的感情！说分手就分手，说走就走，一点都不在乎我的感受……"

柯清晨的心被戳了下，有点疼，但她不懂安慰，只得转移话题，作势要打他："全世界都知道我们昨晚躺在一张床上，你不追？"

"追！"黎千远笑，趁机抓住她的手，"马上就追！"

柯清晨得逞了，黎千远却不松手，保持着抱着她的姿势。此时，两人面对面，靠得很近，连呼吸都混在了一起。黎千远的眼神渐渐变得炙热，他热烈地看着她，看得柯清晨有些紧张，干巴巴地问："干吗呢？"

黎千远没有回答她，而是靠了过来，更近一点，几乎要碰到她的唇，可最后他手一紧，变成一个温暖的拥抱。他抱住她，温柔地吻上她的额头："好久不见，我的大科学家。"

他用力地抱住她，头埋在她的肩头："清晨，我好想你。"

这四年，分开的每一天都想你。

04

两个人安静地抱了一会儿，黎千远状似随意地问："你现在住在哪里？我送你回去。"

"不知道，我想想。"柯清晨还真的需要想一想，她是来参加柯以寒的婚礼的，照理说应该住在柯以寒家，柯妈妈对她也很热情。可她毕竟是柯妈妈的前夫出轨再婚的证明，要住进去，这不给人家添堵吗？

柯清晨比以前善良了一点，她决定了："住酒店吧，阿姨人很好，不必打扰她。"

"别啊，住什么酒店？不知道的还以为我们小气呢。"黎千远建议柯清晨去他那里，他家宽敞明亮，有不间断热水和千兆网速，还提供二十四小时家政服务，绝对比酒店住得舒服，"空房，就只有你一个人住，绝对不会有人打扰你。"

看在他这么卖力营销的分上，柯清晨勉强答应他："好吧。"

黎千远的房子在市中心的一个小区。

虽然是市中心，环境却很安静。他的房子不大也不小，复式，按三口之家配置。房子装修得挺清新温馨的，没走土豪风，也看不出家里老人掺和的痕迹，看得出很花心思。屋里用了很多星辰元素，楼梯的吊灯是星星灯，壁画都是清晨的风景，客厅放着架钢琴，还有间很大的书房，书架却是空荡荡的，好像等着有人来填满。

最别致的还是阳台，简直把当初黎千远送给她的杯面画复制到现实中来了。玫瑰、秋千、一个小小的阳台花园，抬眼望过去，是小区里郁郁葱葱的树，还有很蓝的天。要是有空坐在秋千上，晃晃悠悠，和爱人说话，是一件极为惬意的事。

柯清晨这样想，就坐上去荡了两下。

"怎么样？"黎千远开心地帮她荡秋千。

"还行。挺好，几年未见，品味长了些。"

"还俗吗？"

"没那么俗了。"

这话翻译到黎千远这儿，就是清新脱俗了。他得意地说："这房子是我买的。用我自己赚的钱！"

意思很直白，他已经脱胎换骨了，他现在是上进有为的大好适婚男青年，画重点，适婚。

"买来做什么？你家房子那么多。昨天订婚宴的别墅就是你家的吧。"

"那不一样，这是我自己赚来的，跟我父母没有关系。"

"哦。"柯清晨还是装糊涂，继续荡秋千。

黎千远急了，她怎么就是不懂自己的心意呢？可看着小丫头在为她准备的家里荡秋千，还玩得蛮开心的，他的心又慢慢地软了下来。

他问柯清晨："你觉得这里当我们的婚房怎样？我比以前上进了，能给得起你未来和安稳了。"

柯清晨看着他真挚的眼神，心忽然有些热，眼睛也有些发酸，差点就一口答应了。她点点头："很好啊，又美又温馨。"

黎千远的眼睛亮了起来，柯清晨又说："可是你还没追到我，现在说这个还太早。"

说着，她站起来，指责他道："我就知道，你带我过来是别有目的。"

黎千远委屈极了，他只是想让她看到自己的诚意而已。却也只能无奈地说："行，那我先回去了，免得孤男寡女你又说我别有用心。"

柯清晨打开大门："谢谢黎公子的体贴。"

黎千远：……

他郁闷地去换鞋："走了。"

换好鞋，正要离开，又被叫住。柯清晨踮起脚尖亲昵地吻了他一下。

黎千远愣了下，耳朵红了，摸着嘴唇问："这算什么？"

"开个车门也要给个小费，住你的婚房怎么说也得付点房费。"

"哎，我这房子很贵的，市中心，黄金地段，你这房费是不是不太够？"

柯清晨笑了："不够呀？"

黎千远小鸡啄米般地狂点头，眼神万分期待。

"那先欠着吧！"柯清晨关上门。

那架势非常不客气，好像她才是这房子的主人。她也确实是房子的主人，黎千远美滋滋地想，心里甜得很。

柯清晨关上门，回想起刚才的亲吻，不自觉地笑了，还是和从前一样，软软的，甜甜的。

回味够了，她哼着歌在房间里晃荡，这里看看，那里瞧瞧，这可是她的未来婚房，她得好好检查。最后，她晃到主卧，看着那张大得夸张的床，嗷呜一声扑上去，很孩子气地在上面打了个滚。又深深地吸了一口气，被单有阳光的味道。

她侧过头，看到床头柜上放着一个杯子，黑乎乎的，很熟悉，像极了他们恋爱一百天黎千远送给她的那个杯子。于是她从床上爬起来，把热水倒进去，果然是她的杯子，小女孩在开满玫瑰的花园里荡秋千。

还在啊……柯清晨下意识地摸了下杯子。

当年她分手分得特别绝情，把他送她的礼物全都打包还了回去，包括这个杯子。本以为骨瓷杯这种易碎品早该被他丢了，没想到还在，被好好地放在床头柜，好像在等着它的主人归来。

柯清晨的心忽然一阵温热，她想黎千远了，他才刚走，她就想他了。她觉得自己真是矫情得不行，她和黎千远才重逢不到二十四小时，她就已经得了爱情的病，脆弱、矫情、爱撒娇，想和他腻在一起。

一个人果然不行，柯清晨抱着杯子小口地喝水，她想她的黎明了。

柯清晨这个回笼觉睡了不到两个小时，准确来说她根本没睡，而是拿着手机刷淘宝，给她的新房添点装饰。

天有点暗的时候门铃响了。柯清晨去开门，看到黎千远提着大包小包站在门外，笑得特别灿烂。

"怎么来了？"柯清晨心里高兴，嘴上却很调皮。

"您的家政服务到了。"黎千远一本正经地答道。

"这么周到？"

"当然，本公司业务还特别齐全，一日三餐，唱曲解闷，长夜暖床，应有尽有。请问柯小姐，您要哪一种？"

"收费吗？"

黎千远俯下身，在她耳朵轻声说："不收费，但本人是无价之宝，您可以用中午那种方式来表示感谢！"

柯清晨被这暧昧的语气弄红了脸，她不客气地推开他的脑袋："进来吧，提着这么多东西还废话这么多！"

柯清晨跟着黎千远进厨房，她看他买了好多生鲜食材，分门别类地装进冰箱，最后是一袋活蹦乱跳的小龙虾。

分手后柯清晨就没吃过这东西了，她尽量不碰和黎千远有关的东西，怕想念。现在看到这一袋小龙虾，她感到分外亲切。她还记得柯荣再婚那天闹得兵荒马乱，黎千远说："你要是这么喜欢吃虾，以后我去学，炒你给你吃"。

现在，他站在那里洗虾，看起来像个老师傅。

柯清晨着迷地看着他，觉得黎千远简直就是阿拉丁神灯，有求必应，说到做到。

黎千远做了微辣、五香、蒜蓉、泡淑等各式风味的小龙虾。柯清晨用崇拜的眼神看着他，黎千远这会儿倒谦虚起来，戴上手套剥虾："知道中华美食的博大精深了吧？出什么国啊，汉堡牛排连家常菜都比不上。"

柯清晨点头，接过他剥好的虾，虾香甜可口，绝了。她吃了个尽兴，终于想起正事，有些吃味地说："技术这么精湛，没少做给人做吧？"

"你少污蔑我了！除了我爸妈，也就你了。"

柯清晨满意了，下场剥了个虾："赏你的，小费。"

黎千远甜滋滋地吃了，又意有所指地说："我感觉不是太够。"

柯清晨装听不懂，转移话题："千远，你还会做什么菜？"

黎千远求赏不成，只得报菜谱，什么酸菜鱼、水煮活鱼、卤牛肉，全是柯清晨爱吃的。

柯清晨听得眼泪差点不争气地从眼里涌出。她说："你家里人好有口福。"

黎千远点点头，看着她认真地说："清晨，很快你也会成为我的家人。"

这一次，柯清晨没有逗他，而是看着他莞尔一笑："做你家里人还有什么福利？"

那真是不要太多，会收获一对疼爱她的公婆，有一个全力支持她事业还会爱她疼她的先生，将来还会有活泼可爱聪明机智的孩子。他们会有一个家，幸福、美满、快乐，她不会再孤单，因为有他陪伴。

"是不是特别好？"黎千远循循善诱。

柯清晨点头，黎千远又说："我觉得你要认真要考虑下咱们去民政局的事，你看，明天就是个黄道吉日。"

柯清晨恢复理智："民政局的事还是再多吃几次小龙虾和水煮活鱼后再说吧。"

黎千远愤愤道："明天就给你安排水煮活鱼。"

05

美美地吃了一顿晚饭，洗漱完毕后，两人躺在床上有一句没一句地聊天，气氛融洽。

柯清晨说起她在国外留学的事情，其实她这几年也没做什么事，很枯燥，就是读书，一直读书，读完博士就回来了。她还是这样，再难的事到她这里都变得轻描淡写了。

"那二师兄呢？"

"他还没毕业，我提前完成了。"

不愧是自己的天才女友。

黎千远脑子闪光一灵，美滋滋地问："你该不会是为了早点回来找我吧？"

"我觉得我就是正常发挥，不过你要是非想这么去理解，我也不会介意。"

黎千远很大度地放过她："那柯以寒是怎么回事，你什么时候和他这么熟了？"

他可没忘记他们关系尴尬得很，同父异母，也没有一起成长的感情基础，如今却能好到她千里迢迢来参加他的婚礼。

"我们是在留学时碰到的。"柯清晨解释，其实她和柯以寒本来就见过。

当年李春君听说柯荣在老家早就结婚生子，就带着她来找过柯荣的原配——柯以寒的母亲。后来他们又在国外遇见，异国他乡，见个华人不容易，何况是有血缘关系的亲兄妹，一来二往，两人就渐渐熟悉了起来。

"原来是这样。"黎千远了然，心里却忍不住泛酸，"你对一个便宜哥哥都这么好，也没见你回来看我一眼。"

柯清晨心里也发苦，她伸出手，捧住黎千远的脸，认真地对他说："我回来过。"

"什么？"

"就是你出车祸那一次。"

黎千远眼睛都瞪大了，他差点都忘了这件事。

柯清晨继续说："我收到你的邮件，知道你出事了，还挺严重，就去医院看你，结果看到你和一个女孩在一起，嘻嘻哈哈还挺开心，一点都不像你说的那么惨。我一看你没死，就又回去了。"

"这……"

黎千远想起来了，他当时刚好和米杨在同一座城市，他出车祸了，当然要叫发小来照顾自己。

"180 医院，住院部，第七楼 96 号床。你和她笑得特别开心。"

原来她真的回来过！黎千远急忙解释："那是米杨——"

"我知道。"柯清晨说。

那年，她看到那张血淋淋的照片，什么也没想就直接回国了，结果赶到医院，却看到他和一个女孩亲密无间。

柯清晨至今还记得那一刻的绝望和无助，不是说好了会等她吗？骗子，全是骗子！全天下没有比她更蠢的人了。

柯清晨无比地痛恨自己，明知爱情是砒霜，她为什么还要去碰去相信？

她转头就走，搭了最快的航班回去。可踏上异国他乡，看到黎千远又在她的邮箱更新的"朋友圈"，才隐约明白，她……大概是误会了，那女孩应该是他的朋友，但已经晚了。

她太骄傲了，自尊不允许她质问一句，于是，也就错过了他们的提早相逢。

她没多说，黎千远也不傻，他一下子就把所有的事情串起来了，心里百感交集。

原来她回来过，她是在乎自己的。

千言万语最后化成一句："我那时一定让你很难过。"

黎千远这句话说出口，柯清晨的眼睛一下子红了，这就是她的黎千远，永远关心自己，永远把她摆在第一位。什么骄傲倔强全都抛到一边去，她忍不住点了点头。

"以后不会了。"黎千远伸手抱住她，把她搂在怀里，"是我的错，让你误会了。不过知道你来看过我，我真的很高兴。"

其实她何止回来看过他，他的每一封信、每一条信息，她都有看。每天再忙，她都要打开邮箱看一眼，有新邮件就看新邮件，没有就看他絮絮叨叨的话，跟着他傻乎乎地笑。

出国这几年，她就是靠着这些信撑下来的。

不过这些，柯清晨相信不用自己说，黎千远应该也会明白。

是的，黎千远已经明白了，她和他一样在乎他。

从她报出他病床号的那一秒起，他就懂了，这四年，不是他一个人的独角戏，而是两个人的双向奔赴。

真好，她回来了。

就在他怀里。

9月18日

「你是小作精，那我呢？」

「你负责迷人。」

You Can Do Whatever You Want To Do.

想着你 ——看着你笑，我的世界就能诗意和美好。

Can J
Take Your Hand?

不去
民政局

牵个手行不行

Your hand

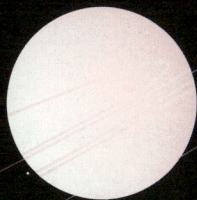

去民政局，
牵个手行不行

✦•••••• 01 ••••••✦

柯清晨这一觉睡得无比安稳，醒来看到黎千远托腮看着自己，眉眼里是掩饰不住的欣喜。

一大早傻乐什么？柯清晨疑惑，但忍住没问。果然没三秒钟，黎千远抓起什么，漫不经心的样子："我以为你扔了呢。"

是他送给她的项链，她一直贴身戴着，大概昨晚翻身，从睡衣里钻出来被他看到了。

柯清晨暗笑，却还是平淡地回答："是想扔来着，可想到小破石这么贵，扔了怪可惜的。哪天我要是落魄了，还能换几个饭钱，不用去洗盘子。"

黎千远生气了，他扭过身背对着她，强烈地表达自己的愤怒和不满。

但柯清晨一点安慰他的意思都没有，反而啧啧两声："起床气这么重？"

"哼！"黎千远用鼻子出气。

柯清晨乐了，趴在枕头上开怀大笑，她就喜欢这种好看还好欺负的。

刷完牙，黎千远已经做好饭，柯清晨开开心心地喝着清粥，问："对了，你是怎么说服二师兄帮你带东西的？"

黎千远露出屈辱的神情，一脸拒绝："能不能别问？"

他是真的不想回忆那段往事，他都失恋了，女朋友马上就要走了，他去找她师兄，托他帮忙送个东西，又碰壁了。

"分手了？恭喜，脱离苦海。"

他懂什么？和柯清晨谈恋爱才不是苦海。黎千远说明了来意，没等他说完，二师兄就一口回绝："很忙，没空。"连理由都懒得找一个。

黎千远不放弃，他坚定地跟着二师兄，二师兄走到哪儿他就跟到哪儿。到了第三天，二师兄终于受不了，便说，答应可以，但他有个条件。

当时，他们在图书馆，二师兄随手抽了一本爱因斯坦的《物理学的进化》说："熟读它，接下来我会出张试卷，你要是能考 60 分，我就帮你。"

黎千远打开书看了一眼，顿时两眼一黑："二师兄，我们再商量商量？"

"不要叫我二师兄，谢谢。"

那真是黎千远人生的至暗时刻，被甩失恋，发烧大病，还要学物理！到了考试的日子，黎千远抱着必死的决心去了，考不过就以死相逼。二师兄还真准备了试卷，也不知道他到底有没有考到 60 分，反正最后，二师兄答应帮忙把项链转交给柯清晨。

那天，二师兄难得说了句人话："她都这么对你了，你又何必？"

黎千远当时非常深沉地说了句："万物自有规律，但爱情是不讲道理的。反正我就是喜欢柯清晨，她特别好。"

他嘱咐二师兄帮忙照顾柯清晨，异国他乡，两人要互相照料。

二师兄拒绝了："她有手有脚有脑子，不需要人照顾。"

黎千远说了很多柯清晨的好话，最后把二师兄说烦了，扔下一句"苦海无边，回头是岸"，就走了。

黎千远站在原地，半晌才冒出一句："才不是苦海。"

真是固执又可笑。

黎千远言简意赅地交代了往事，最后总结："物理太难了！"

柯清晨不知是该笑还是该气，她坐过去，摸摸他的头："黎公子辛苦了，下次碰到二师兄，我帮你！"

"算了，后来我一想，二师兄大概也是在考验我的诚意。"

不，他可能只是纯粹地想摆脱你，只是后面不好意思了。

柯清晨记得她要回国时二师兄来送她，她一边收拾行李一边哼着歌，很开心。二师兄却浓眉紧皱："我很担心你，跟一个只考了 28 分的人在一起，下一代的智商堪忧啊。"

她当时就很想问一下什么 28 分？现在她明白了，黎千远那张试卷大概只考了 28 分。这么努力最后连及格分的一半都没考上，柯清晨心疼地抱住他："没事，物理学不好没关系，以后我教你。"

"……谢谢，不用。"黎千远吓得瑟瑟发抖，飞快地转移话题，"吃饱了？我们出去走走？"

柯清晨笑眯眯地问："黎公子，有什么安排？"

"今天天气这么好，柯大神有没有兴趣来视察一下您未来的产业？千亩花田，百种鲜花，还有拥有百万粉丝的顶流主播作陪。"

被这么一提醒，柯清晨才想起，面前这个只考了 28 分的小可怜现在可是圈内有名的卖花一哥。她忍不住好奇："做主播不是一天都不能停吗？"

"是啊，不过我请假了。现在有更重要的事。"

至于重要的事是什么，两个人都心知肚明。柯清晨莞尔，问："你请了多久呢？"

"这不一定呢，就看某人有没有同情心，大概短则两三天，长则一个月吧。"

"那您好好努力。"某人如是说。

黎千远摇头叹气,打算给自己改名为黎坚强,却还是点点头:"我会的。起驾吧,祖宗!"

◆·······02·······◆

今天没喝酒,黎千远自己开车了,他们直接到黎家的花田。

柯清晨在直播时看过这片花海,并不陌生,但到了现场,她还是被震撼到了。一望无际的花田,一片片不同品种的花,争奇斗艳各有各的美丽。黎千远到了花海,如鱼得水,带着柯清晨走走停停,滔滔不绝地介绍着花的品种。

"这是奶油龙沙宝石,多头,花色特别清新,像淡淡的奶油,包子型,花虽然不大,但量多,是非常优秀的品种。它们这个系列都不错,红龙、粉龙都很值得拥有……温柔珊瑚心,你看这个颜色是不是很温柔?花如其名……"

"清晨,快来看看这个,红心火龙果……"

起初柯清晨还认真地看着花儿,慢慢地,她的注意力就被黎千远吸引了。她喜欢这样的黎千远,眉飞色舞,神采飞扬,眼里全是自信和快乐。

"清晨,过来。"

那边黎千远叫她,他指着面前一大片开着白色花儿的植物,问:"还认得吗?"

怎么可能不认得?"婚礼之路"。那一年,在那个叫"倾辰"的帐篷里,他用了很多这样的花。柯清晨记得花开时纯白可人的样子,也记得它们被扔了一地任人践踏的光景,美好的东西总是易碎,这也是当时促使她离开的一个原因。

此时,看着成片的白色花儿在枝头绽放,她恍然意识到,她一直都错了,拥有美好的东西不是留住,而是珍惜。她珍惜这花儿,就留下花开的美好记忆,她珍惜黎千远,他就会在身边。

原来这么简单的道理，她却要兜兜转转、用了这么多年才明白，好在还不晚。

柯清晨扬起嘴角，她不准备接黎千远的话，"婚礼之路"这么暧昧的花名，他肯定要借机提民政局一日游。

她抬头，正好看到前面是一片黑色的花，特殊的颜色在这姹紫嫣红中也非常惹眼，她笑眯眯道："这白色的花儿不大熟悉，不过那黑色的倒是很眼熟，好像是某人追女神用的。"

黎千远：……

黑魔术！

他当初追陶菲菲就送了她一盆黑魔术。好好的"婚礼之路"怎么就种在了黑魔术旁边？黎千远只能强行解释："啊，这不是我们的定情之花吗？"

他折了一朵开得正好的黑魔术："请收下我高贵深沉的爱。"

"哦，还一套一套的，你这是卖花主播，还是情感博主？"

"请不要怀疑我的业务能力。"黎千远深沉道。

柯清晨表示她很怀疑，黎千远怒了，立马打开手机，连上 5G，务必要让女朋友看清一个带货主播的专业素养，他现在可是有百万粉丝的人。

不愧是有百万粉丝的人，没有预告，突然出现，直播间还是有很多人，人数还噌噌地往上涨，第一句都是——

黎漂亮，这几天去哪里了？

"看，想我了。"黎千远侧着脸对柯清晨炫耀。

柯清晨只是笑笑不说话。

马上就有人问黎千远在跟谁说话，黎千远说是工作人员。他没让柯清晨入镜，一方面是怕别人觊觎她，一方面是想保护她的隐私。

柯清晨也没往镜头前凑，她就安安静静地站着，把玩着黎千远刚折的黑魔术，一副"我就看你表演"的神情。

黎千远开始自己的"表演"，他先是跟他的百万粉丝问好，然后表明今天的主题，不卖花只送。

"为什么啊？因为今天高兴。是啊，有喜事，天大的喜事。什么喜事？不告诉你！无非是人生四大喜，你们自己猜去。喂喂喂，直播间禁止开车哈……"

还是和过去一样，一堆垃圾话。柯清晨一边打了差评，一边继续津津有味地看着。她算是明白为什么有人喜欢看主播了，年轻帅气的小哥哥站在花海里笑意满眸，小酒窝还忽闪忽现，确实有点……上头！

黎千远已经开始送花，方法非常简单粗暴——在公屏上打"这该死的迷人的小作精"，他截图送一百盆黑魔术。

评论马上炸了，公屏上全是队伍整齐的"这该死的迷人的小作精"。

哟，说她作呢。柯清晨不站了，坐下来，托腮看前男友"作死"。

黎千远还挺得意，回头对她笑得特别开心。他笑，柯清晨也笑，笑得眉眼弯弯。

黎千远的心一下子软了，开始送第二波福利——在公屏上评论"她美若天仙，倾国倾城"，截图送一百盆"婚礼之路"。这次屏幕上不是只有"她美若天仙,倾国倾城"的弹幕,还有一堆问他是不是谈恋爱了的弹幕,其中还有一堆心碎哭泣的表情，哭着喊着"小作精还我黎漂亮"。

柯清晨慢吞吞地打字:"不还。"可惜,评论刷得太快,黎千远没有看到。柯清晨收了手机，对黎千远无声地说："你粉丝骂人呢。"

黎千远立马严肃脸:"文明直播间，禁止骂人，一经发现，直接踢人。"

这句话一出，弹幕又是一片哭泣声，大家说，肯定是小作精在蛊惑黎漂亮！太坏了，这人真是太坏了！黎漂亮快把小作精收了吧！

这句话黎千远爱听，他马上开启第三波福利——公屏上评论"今天是个黄道吉日"，送一百盆黎家花田将来要发布的自育品种。

黎千远又介绍了下新品种的特点，卖足了关子才结束直播："就这样，祝我幸福吧，走啦，新品发布会见。"

他退出直播间，马上望向柯清晨，问："怎样？"

"就最后三分钟才有卖货人的样子，业务挺熟。"

"还有呢？"

"呃……"柯清晨沉思一番，站起来拍拍他的肩膀，"黎公子还是一如既往的花钱如流水，三十分钟送了三百盆花，真大气。"

柯清晨还没完，她打开手机，指着那堆说她小作精的评论，认真问："你这是送花请人来骂我吗？"

黎千远：……

他哪知道他的粉丝对他爱得这么深沉，他以为她们只对花感兴趣，没想到还看上了他的人！黎千远赶紧补救："我也不知道她们在觊觎我，我可是正经本分的卖花人。"

"况且，"黎千远用手肘轻轻碰了下柯清晨，撒娇道，"我也没说你是小作精，我才是该死的小作精！"

"哟，你是小作精，那我呢？"

"您负责迷人。"

柯清晨被逗笑了，这都能圆回来。她决定放过他，她慢悠悠地走在花田里，说："这个'美若天仙，倾国倾城'我懂，毕竟你现在已经是黎漂亮了，'今天是个黄道吉日'是什么意思？"

"这个啊……"黎千远拉起柯清晨的手，"这个你得跟我走。"

◆◆◆◆◆ 03 ◆◆◆◆◆

黎千远把拉她到一块花田前："这是我们的培育区，我刚才说的新品种就种在这里。"

眼前是密密麻麻一株株的花，每株花都做了编号，黎千远面前的花是开得最好也是开得最健康的，淡紫色的花俏立在风中，颜色很清新，看了也极舒服。

柯清晨对培育新品种也算有点了解，这是件劳心费力还非常烧钱的事，第一步要杂交培育，然后种植，每一棵都要编号进行观察，再从上千上万棵幼苗里挑出最优秀的一拨，再进展种植。等终于培育出满意的品种，还要送去专门的机构进行测验，测花的品性。如果品种够优秀，才能申请专利。可以说，每个新品种的面世都来之不易，背后都是养花人的血汗。

"好看吗？"黎千远问，随手折了一朵花。

"好看。"柯清晨点头。

黎千远便又折了一朵，把花串在一起，动作熟练地编花环，边编边说："我爸以前做过一段培育，但因为投入太大放弃了。后来我回来经营花圃，又把这个捡了起来，因为我一直想有一个独一无二的东西，这个东西要不容易被摧毁，还要不那么俗气。我想来想去，也只有花了，我只会种花、卖花，其他事情也做不好。刚开始我爸不同意，好在后来我做主播赚钱了，他也就睁一只闭一只眼。

"这个新品种我前后花了差不多三年时间，终于培育出满意的花，它很好养，不娇贵，只要种花人用一点心就能养得很好。耐寒耐热，也抗得住大涝，也抗虫害，不怎么爱生病。这点和你一样，坚毅强大。花也很好看，颜色清新明媚又不失婉约，给人一种耳目一新的感觉。这个花送去测试，大家都赞不绝口，除了一个缺点，它的刺不少。老师跟我商量过，可以再改良，我拒绝了，因为这正是它的特点。"

他转过身，对着柯清晨，神情专注："清晨，我知道，你是有刺的，但你要相信，还是会有人即使被刺刺穿，也要去拥抱你，给你一点他的温暖。"

"清晨，"黎千远温柔地叫她的名字，"这两天我带你看了我的房子，我的花圃，还有我工作的样子。就是想说，我和过去不一样了，我已经是个能和你'白首不分离'的男人了。"

黎千远手中的花环已经编好了，他把花环戴在柯清晨的头上，蓝紫色的花把柯清晨衬得像一位玫瑰庄园的公主。

黎千远打量了她一会儿，手掌抚上她的脸庞，问："清晨，我给花取好名字，用我未来妻子的名字命名，它叫'初春的清晨'，你愿不愿意来当我的妻子？"

这样，她就能拥有世界上独一无二的礼物，也能拥有一个独一无二的丈夫。

愿意。柯清晨很想告诉黎千远，她很愿，但是……

她踮起脚尖，飞快地亲了黎千远一下，说："名字我就先预订了，但结婚的事，还不急。"

黎千远就知道没那么容易，他摇头叹气："哎，今天三百盆花白送了。"

柯清晨假装听不到，在育苗田里走走停停，这以后就是她的花了，将来每一个收到这花的女生都会知道，这花有一个很好听的名字——初春的清晨。

她也听过那首歌：我心中不会有黄昏，有你在永远像初春的清晨。

初春是清冷的，但也是充满春意的。遇见黎千远，她人生的北风就停歇了，南风真的来了。

柯清晨笑，是眼睛弯成月牙般的那种笑，她停下脚步，对黎千远说："虽然不着急领证，但我决定了，先给你转个正。"

她拉起黎千远的手，撒娇般地摇晃了两下："恭喜你啊，千远，从现在开始，你是我男朋友了。"

黎千远有些意外，但很快，欢喜爬上心头。今天果然是黄道吉日，三百盆花没白送。

他美滋滋地牵着她的手，舍不得放开。虽然她没答应陪自己去民政局领证，但能把自己转正，已经是很好的开始。他要对她有耐心才行。

✦✦✦✦✦ 04 ✦✦✦✦✦

两人在花田里消磨了很久，晚上，柯清晨抱着一大捧花回家，那么大的一捧，她几乎要抱不住。

回到家，黎千远进厨房忙碌，打算给自己的小女友做水煮活鱼。柯清晨则把花插在花瓶里，花很多，还要修剪，她心情很好，索性坐在地上，边哼歌边剪。

黎千远端菜出来，看到她坐在地上，马上制止她："别坐地上啊，小心着凉，放着等会儿我来。"

"不冷！"柯清晨抬起头，眉眼飞扬，"这个得我自己来，你审美不行。"

黎千远无奈，拿了个厚实的坐垫，连人带花把她抱到坐垫上，说："祖宗，您继续。"

小祖宗很忙，没看他一眼，一心一意地剪花。

她垂着眼眸专注的样子实在让人心动，黎千远心都热了："这么喜欢我送你的花啊？"

柯清晨终于施舍了他一眼，歪着脑袋问："我是喜欢花，又不是喜欢你，你高兴什么？"

黎千远愤愤地回到厨房，柯清晨笑了，叫住他："好了，我先喜欢你，然后才是你的花和你做的鱼。"

黎千远：……

他的脸又不争气地红了！

吃完饭，两个人窝在一起看电视，特别像老夫老妻。柯清晨抱着水杯靠在黎千远身上，完全把他当靠枕用了。

黎千远也很受用，偷偷摸摸地把女朋友往怀里带，看她像只小仓鼠一样小口小口地喝水，真是可爱。等看清她手上的杯子，黎千远的表情裂了，他哀怨地说了句："你倒是不客气，还用得这么顺手。"

一听这语气，柯清晨就懂了，她故作惊讶："这难道不是我的杯子？不能用吗？"

重点是这个吗？黎千远好气。

柯清晨坐直身体，去拉他的手，问："那时我全都还回去，你是不是特别伤心？"

黎千远点头。

"我的错。"柯清晨去摸他的脸。

黎千远的气消了些，可还是觉得委屈："我当时特别伤心，你还来刺激我，什么都不要。我一个很少生病的人，却高烧了两次，一次还住院了，你却连看都没来看过我。"

其实有去看过，隔着玻璃窗偷偷看过他，还趁着没人进去看他。不过这些柯清晨并不想告诉黎千远，当年确实是她太不成熟太任性，一意孤行伤了黎千远。她诚心诚意地道歉："是我对不起你。"说完，站起来了，"你等我一下。"

柯清晨去主卧，从行李箱里找出一把伞，是最常见的黑布伞，很大。她把伞递过去，问："这把伞是不是你给我的？"

黎千远接过伞的手颤了颤，他没想到这把伞还在。当时他万念俱灰，却还是把伞放在她会经过的楼道，就是怕她被雨淋。

"说你傻还不信。"柯清晨心疼地看他，"我们都分手了，你管我会不会被雨淋。"

"可你身体弱，又不爱运动，要是感冒了，肯定没人给你送药。"

"我总会生病的。"

"远的我管不着，只要你还在我看得到的地方，我就不能看着你被雨淋。"

　　柯清晨难得说不过他，她笑了，眼睛有点红："所以我当时从实验室下楼，一看到这把伞就知道是你送的，因为只有你才会这么傻，都分手了，还给我送伞。"

　　所以，她那么绝情，什么都没留，却留下一把不仅占位置还到处都能买到的伞。她带着它漂洋过海，远走他乡，那是她无处安放的想念，空荡荡地回响在每个无眠的黑夜。

　　"你一直带着它？"

　　"嗯。"

　　黎千远高兴了，他拭去她眼角的泪花："清晨，你也没聪明到哪里去。"

　　"你懂什么？"柯清晨瞪了他一眼，"布伞，不散，只要伞还在，我和你就不会散。"

　　黎千远点头："对，不散，伞在人在，我们就不会散，你看我们又在一起了。"

　　他笑了，她也笑了。柯清晨问："你现在不那么难过了吧？"

　　"不了。"黎千远还兴高采烈地提议，"这把伞还有这对杯子得留着当传家宝，将来子孙后代就知道我们感人至深的爱情了。"

　　柯清晨听不下去了，不理他，专心看电视。

　　黎千远见她不理自己，便去折腾那把黑伞，越看越欢喜，忍不住凑过去飞快地偷亲了柯清晨一下。

10月 20日

「你为什么一再忍着我」

———— 「因为喜欢你呀，小笨蛋。」

The Future Is Long, Let's Take Our Time.

余生都
是你 ——未来很长，我们慢慢来。

你知
道你

撕了几个亿吗

You Missed Out
On A billion.

A billion

01

第二天，柯清晨说要带黎千远去个地方。

黎千远疑惑地问："什么地方？"

柯清晨不说，要保有神秘感。

黎千远顿时就紧张了，说："你这样什么都不讲我有点害怕。"

柯清晨知道他在害怕什么，握住他的手："别怕，我不走了，再也不走了。"

"真的？"

"不骗你。"

黎千远放心了，其实她不用问他，无论去哪儿，他都会跟着他走。

柯清晨要带黎千远去的地方是他们上大学时的城市，却不是回母校。

下了高铁，柯清晨带着黎千远直奔市中心，车七拐八拐，最后停在一栋写字楼前，平平无奇，门上挂着的牌子却让人无法忽视，黑体的"遗嘱公证处"让人生畏。

黎千远不明白柯清晨为什么会带他来这里，问："清晨，你是不是弄错地址了？"

"没弄错，就是这里。"柯清晨笑了笑，拉着他的手往前走，"进去吧。"

黎千远却想到什么似的，脸都白了，他站着不动："先说好了，这次我是不会和你分手的，死也不会和你分手。"

看来当年提分手，确实把他吓到了。柯清晨心一揪，有点疼，她温柔地看着他："放心吧，不分手。我就是来给你看个东西。"

"什么东西？"

"很久前我在这里立了个遗嘱，现在想给你看看。"柯清晨耐心地解释，"和你有关。"

黎千远这才松了口气，在外面等她办手续。没一会儿，柯清晨就出来了，手里拿着一封信，递给他："给你。"

她半认真半开玩笑："看看吧，别感动哭了。"

黎千远打开，真的要被感动哭了，因为遗嘱的第一句是——

给我的爱人黎千远，如果有一天，我不在了，请一定要告诉他，柯清晨爱他，比他想象中的更爱他。

说是遗嘱，其实更像是一封信。

柯清晨给黎千远写了一封信，在四年前，遗嘱公证的日子是他们分手的那一年。

她说，她爱上一个人，他叫黎千远，是一个很平凡的大学生，除了好看，没什么用，学习不行，人也没什么上进心，脾气像加了水的面团一样柔软可欺。他也没什么优点，唱歌不好听，钢琴弹得不行，也就是弹个《小星星》的水平。

可她喜欢他，因为他会弹《种太阳》，他想把太阳种在她心上，想当她的黎明。她很想陪他走下去，去他说的有他的未来看一看，可是不行，

205

因为她有病，她得了一种不相信爱的病。

她的妈妈没和柯荣分手时总会在深夜给她发哭泣的语音。她的生父渣得不行，还去做亲子鉴定。她懂得很多知识，上知天文下知地理，却从来看不懂感情。无论是亲情还是爱情，都让她觉得爱像迷雾，感情是一种负担，压得她快要喘不过气。

黎千远是她唯一的救赎，但她不想把他拉进她人生的泥坑。他们这么好，只要想到有一天他们不再相爱，柯清晨就要崩溃。从参加柯荣的婚礼那天起，她就一直在失眠，有时候难得睡着，也是在做噩梦。她没梦到柯荣，她梦到那个朝她打下去的巴掌打在脸上，她抬起头，看到一张熟悉又陌生的脸，她看到一身精英范的黎千远对她说："没有什么爱是不变的，清晨，我们也一样"。

是的，他们也一样。

每次从噩梦中惊醒，柯清晨就会加深这个认识，她和黎千远都不过是凡夫俗子，终有一天，不是她不爱他，就是他不爱她。所以，她要分手，得到一份永远不变的爱。

只是她没想到，分开会这么痛苦，她伤了黎千远，也往自己的胸口捅了个窟窿。

那天夜里，在楼下看到那把大黑伞是柯清晨的第二次崩溃，她觉得她被自己诅咒了，她拥有爱情，却亲手毁了它。那个晚上，她去医院偷偷看黎千远，天亮时又逃离医院，然后恍恍惚惚地来到这里，立了个遗嘱。

她在这个遗嘱里称她的前男友为爱人，世上最美好、最珍重、最有仪式的称呼。一个假装热爱生活的人生命是单薄的，从十三岁，她就一直在追问人活着的意义，却始终没有找到答案，死亡倒成了最后的答案，只要死了，一切都将结束。她可以消亡，她的人生富贵荣华，心却千疮百孔，她没有爱人的能力，她能给的也只有她所有的身外之物，她把她所有的财富都留给了黎千远。

陶菲菲造谣她不是没理由的，柯清晨确实挺有钱，柯荣和她不和，却从来没有少给过她零花钱，她存了不少钱。而她的小傻子出手大方，又没有一技所长，她想，如果真有那么一天，她不在了，她能帮他应个急。

她不会爱人，不懂对人好，能给的只有这个。

这就是柯清晨爱人的方式，悲哀又可怜，死了才告诉恋人，我曾这样热烈地爱过你。

她赢了，她得到一份不会变的爱情，又输得彻彻底底，没有他，爱就变成了空荡荡的无人回应。这是柯清晨离开后才懂的，爱不是拥有，而是珍重，珍惜你和我能一起走过的岁月。

从前她不相信爱情，但黎千远做到了，他向她证明，真的有人会多年如一日给她发邮件，更新朋友圈，告诉他的想念，他向她证明，爱一个人，是可以很深远的。所以，柯清晨回来了，回来赴他的七年之约。

她今天带他来这里，也不过是想告诉他，别觉得委屈了，她也是爱他的。她那么阴暗，一点都不热爱生命的人，想到的却是她要是不在了，她的黎千远不能过不好。

黎千远捏着薄薄的纸，盯着上面的落款时间，眼睛发酸。他把遗嘱对折，看着她的眼睛说："清晨，以前我只知道你聪明，却不知道你也有犯傻的时候。

"我要是不能每天醒来看到你睡在我身边，不能每学一道菜第一口都喂给你吃，不能想牵你的手你就在身边，我要你的财产有什么用？回忆再美，你不在，也会散。"

说完，他就把遗嘱撕了，他看着柯清晨，一字一顿，掷地有声："我什么都不要，我只要你，每一天都要看到你。"

"可是……"柯清晨的眼睛湿了，"我有病，我的病还没好呢。"

"那我治。"

"用什么治？"

黎千远没说话，只是把她的手拉到自己的胸口，红着眼圈问："听到了吗？活的。"

只要他活着的每一天，他都不会停止去爱柯清晨。她不相信，没关系，他有心，也有时间，他这么年轻，现在又和一个天才在一起，会学习怎么去好好爱一个人。

一滴透亮的眼泪落在两人紧紧相握的手上，也不知道是谁的。

柯清晨哽咽着说："我就说了你会被我感动哭的。现在你相信我对你是认真的吗？"

黎千远点头："昨天看到伞我就什么都不在意了。"

可是她在意啊，重逢那一晚，他哭得那么伤心，她就想，她以后再也不让黎千远受委屈了。不是只有他爱得卑微，她也一直战战兢兢，患得患失。

现在她成熟了，成长了不少，看事情也不会像以往那么片面和极端，她变成了一个比过去宽容、比过去善良的人了，她想，这样的柯清晨，是可以来做黎千远的恋人的。

这一刻，柯清晨觉得很满足，她对黎千远笑了笑，笑得很灿烂，没有一丝阴霾。

"这样就对了。"黎千远也很满足，牵着她的手离开，边走边教育她，"年纪轻轻立什么遗嘱！以后别想七想八，知道吗？立遗嘱这种事，等我们的孙子结婚了再说。"

柯清晨笑了，又想到什么似的，问："千远，我有没有跟你说过，我是我爸的法定继承人？"

说来挺讽刺的，柯荣四处留情却只有一子一女，柯以寒骨头硬，和他断得非常干净，压根不稀罕他的财产。柯清晨把他的婚宴搅得乱七八糟，柯荣却也没法把这女儿扫地出门。一方面是因为她毕竟是亲生的，另一方面则是这个女儿太优秀了，提起长面子，柯清晨还真是柯荣唯一的法定继承人。

黎千远疑惑地看着她，柯清晨就笑了，笑得特别欢，她慢慢解释："柯荣的财产就是我的财产，我的财产就是你的财产，不过你刚才全撕了……"

她拍拍他的肩膀："年轻人，你刚才那一撕，损失了应该有小几亿。"

黎千远：……

"怎么会这样？我现在再去把纸片粘回来还来得及吗？"

他后悔莫及："天天做直播嗓子都喊干了，还不够人家一个零头。结果几个亿摆在我面前却被我撕了。看来没有他法了……"

他看着柯清晨，特别严肃地说："你现在必须马上跟我去趟民政局。"

拥有她，就是拥有上亿家产，这是他的富豪新娘。

"晚了，是你不要的，是你自己撕的。"

"还不允许人家纠正错误？"黎千远使出撒娇兼无赖大法，"走吧，我想和你去民政局很久了。"

柯清晨抬头看天："今天天气真好啊。"

黎千远：……

好吧，他再追几天!

他牵起她的手，感叹道："怪不得我一直对你锲而不舍，原来我这么有远见。小几个亿呢，我必须把你绑着，绑一辈子，不让你走。"

柯清晨笑："那您牵好。"

"我会的。"黎千远重重地点头，又说，"你也不要放开我。"

最后一句又有点沉重了，柯清晨牵起他的手："不会的，放心。"

"我还没玩够呢。"她冲他笑得特别甜。

黎千远：……

想想几个亿，忍了！

02

就像柯清晨说的，天气确实很好，是个适合约会的日子。

他们去了航大，柯清晨的母校，去看种在宿舍楼下的黑魔术。好几年了，黑魔术长得枝繁叶茂，远远望过去，就像一株小树，枝头全是开得正旺的花。

谁能想到一盆被扔在垃圾筒的花儿，只要给它土壤和阳光，它就能给你一年四季的美丽。这多像他们的爱情，分分离离，可黎千远种在柯清晨心里的太阳，还是让爱发了芽，生了根，他们又在一起了。

来来往往的学生很多，个个青春朝气，见到如此靓丽养眼的一对，他们难免会多看几眼。

还有人认出黎千远，推推搡搡地来问他是不是黎漂亮，得到肯定后，兴奋地要合影。

柯清晨隔着一段距离站在一旁，看着他们互动，嘴角扬起一抹笑。

粉丝们合完影，又要签名，其中一个女生兴奋地问："那个漂亮的小姐姐是谁？"

黎千远停下龙飞凤舞的笔，看了一眼柯清晨，扬起嘴角，放低声音："偷偷告诉你们，你们别说出去，那是我未婚妻。"

"那个传说中的'该死的迷人的小作精'？"

黎千远：……

现在他相信，她们是粉丝了。他老脸一红，轻咳一声："错了，我才是小作精，我未婚妻只负责迷人。"

粉丝们又看过去，确实是非常迷人的小姐姐，又问："能一起合影吗？"

"不行哈。"黎千远笑眯眯地拒绝了，把笔还给她们。

拜托，他的未婚妻将来是航天事业的从业者，涉及国家机密，必须低调！这也是他让清晨先到旁边去的原因，绝对不是他假装单身，撇清关系。

　　和女孩们道完别，黎千远去找柯清晨，看到她脸上熟悉的笑容，有几分戏谑，还有自豪。

　　"现在我相信你有百万粉丝了。"

　　"低调，低调。"黎千远笑嘻嘻道，又低头悄咪咪地问，"配你够吗？"

　　柯清晨使出饥饿大法："饿了。"

　　他们一起去食堂吃饭，航大的米饭一如既往的香。

　　吃完饭，黎千远骑着共享单车带着柯清晨旧地重游，特别是实验楼。当时柯清晨在这个地方对他说了很多不好的话。

　　"当时你是不是特别伤心？"柯清晨来到这里，很是愧疚。

　　黎千远点点头，人心是肉长的，他被恋人这样羞辱，不难过才怪。

　　柯清晨上前，摸摸他的头："我的错，那些都不是我的真心话。"

　　"那你抱抱我。"

　　柯清晨便抱抱他："以后我会对你好的。"

　　"怎么个好法？"黎千远眼睛亮晶晶的。

　　柯清晨想了想，回答："不嫌你做的饭难吃，不嫌你唱的歌难听，不嫌你的心脆如玻璃，一日三餐，甘之如饴，一生一世，不离不弃。"

　　黎千远听到前三句都想给差评了，可听到后两句，心又甜了。

　　他伸出手，作焦急状："清晨，你快拉住我。不拉住我的话，我怕我飘了。"

　　柯清晨：……

　　瞧这没出息的样子！不过也太怪她，从没宠过男朋友，一对他好，他就受宠若惊了。

她拉着他的手，往前走："知道了，知道了，以后我多宠宠你。"

接下来，柯清晨实力宠男友，她陪他到农大追忆青春，还打卡了如今的网红餐厅"一厂时光"，在"倾辰"的帐篷里吃了火锅。

吃完火锅，黎千远问恋人接下来还有什么想做的事。

柯清晨抬头看已经暗下来的天，说："我想回安城一趟。"

"回安城？"

"是啊，既然你想和我去民政局，在这之前，你是不是得见一下我妈？"

见家长！

这次轮到黎千远哑口无言了，答应吧，去见未来丈母娘连个伴手礼都没有。拒绝吧，那肯定不行，过了这村就没这店了。

柯清晨笑眯眯地看着男朋友脸上精彩纷呈的表情，感叹道："是不是惊喜来得太快，你都高兴得说不出话了？"

"……是。"不过，他破釜沉舟地牵起她的手，"走，马上就走！"

于是，他们连夜坐上开往安城的高铁。

这几年，黎千远去过不少趟安城，却是第一次这么心情复杂，雀跃、欢喜还有忐忑。

柯清晨津津有味地欣赏着男朋友的神情，还问："千远，你见我妈怎么比见我还激动？"

黎千远瞪了她一眼："请不要逗我，我要维持住成熟稳重的形象。"

柯清晨看了眼他的卫衣牛仔裤，点点头："确实挺稳重的。"

03

下了高铁，要不是柯清晨拦着，黎千远真的要冲出去买西装了。

他很不高兴，警告柯清晨，要是没给丈母娘留下好印象，她得负责跟他私奔。

事实证明，黎千远想多了，李春君根本不关心他穿什么，她见到两人牵着的手，就什么都懂了，也没多说，只微笑着让他们进来。

李春君变化很大，依旧美得清冷，可笼罩在她身上的烟雾散了。人看起来很温和，笑容多了，也亲切多了。

她把房子卖了之后便开了间音乐工作室，专门教小孩唱歌。每天跟热爱音乐的孩子在一起，渐渐地，她没心思想柯荣了。

母女俩的关系也好了很多，李春君知道女儿为什么会分手，为人父母，他们没有做好榜样。

她曾经很自责，现在看到他们重新牵起手，她没表现出来，却打心眼里为他们开心。

黎千远正式见丈母娘还是人生第一次，他控制不住地紧张，结结巴巴地表示他想娶清晨，不知道阿姨同不同意，可以说非常傻气。

还好，李春君很善良，她笑吟吟地对黎千远说："不用问我，清晨点头就行了。"

这算是答应的意思吧？黎千远直接当她答应了，欣喜若狂，也不紧张，也不拘束了，开始疯狂地安利自己。

他绝对是柯清晨值得托付终身的好女婿，他家世清白，家庭和睦。

他工作努力，为人上进，没有不良嗜好，婚后绝对不会做对不起清晨的事……

李春君笑眯眯地听着，打趣道："清晨，以后要好好对千远，知道吗？"

柯清晨没有回答，倒是黎千远抢了先："阿姨，清晨一直对我很好。"

"你也是，"李春君有些意味深长，"一生很长的，不是只有三五年，要记住你今天的话。"

"嗯，我知道！"黎千远点头，握紧柯清晨的手，"我们不急，我们慢慢来。"

黎千远和柯清晨又陪了李春君两天才启程回去。

在这两天，他成功抓住了李春君的胃，用美食说服丈母娘，他值得托付。

他们走时，李春君去高铁站送他们。

她意味深长地对黎千远说："不管未来怎样，千远，我还是很高兴见到你。你和清晨在一起，我很安心。"

这句话简直是一锤定音，两个人坐上车后，黎千远就开始疯狂暗示女友："这家长也见了，阿姨也同意了，你不表个态？"

柯清晨"扑哧"笑了，看着他认真地说："我就是想，再过几天我就要正式入职，我上班的地方沙子满天飞，我的单位又管得特别严，我要是和你结婚了，你怎么办？"

原来她一直在担心这个问题啊。

黎千远笑了，他早就想过了，他像撸猫一样摸了一下自己的傻丫头："你傻啊，我当然是作为你的家属跟你一起过去，妇唱夫随，清晨你大胆飞，千远我永相随。"

真是一点都不意外，但亲耳听到，柯清晨还是很高兴："那你的事业怎么办？你不做主播了吗？你知道的，我不喜欢没有事业心的男人。"

"我可以飞啊，以后一周飞一次，再说了，我总有人老色衰的一天，早晚会转到幕后。而且女朋友这么争气，我也不能天天就想着挣钱，我可以跟着你在沙漠里种树，以后你上天，我种地，男女搭配，干活不累，绝了！"

柯清晨叹了一口气："看来我确实找不到不嫁给你的理由了。可我还想再被你追几天，千远，行不？"

"……好吧，谁叫你长得好看，又有好几个亿。"

"哦，原来是这样？"

"当然是真的，不过你光有钱有颜还是不够的，我一再忍你，是有其他原因的。"

"因为什么啊？"

黎千远便坐到她身边，对着她的耳朵，用只有他们才能听到的声音说："因为我爱你啊，小笨蛋。"

The End

图书在版编目数据

他又甜又野 / 麦九著. —武汉:长江出版社,2021.5

ISBN 978-7-5492-7695-0

Ⅰ.①他… Ⅱ.①麦… Ⅲ.①长篇小说-中国-当代

Ⅳ.①I247.5

中国版本图书馆CIP数据核字(2021)第101430号

他又甜又野 / 麦九 著

出　　版	长江出版社				
	（武汉市解放大道1863号　邮政编码：430010)				
选题策划	漫娱　张玉玲				
市场发行	长江出版社发行部				
网　　址	http://www.cjpress.com.cn				
责任编辑	罗紫晨				
产品经理	李苗苗				
总 策 划	熊嵩				
执行策划	罗晓琴	开　　本	880mm×1230mm 1／32		
装帧设计	吴 琪	印　　张	6.75		
印　　刷	深圳市精彩印联合印务有限公司	字　　数	190千字		
版　　次	2021年5月第1版	书　　号	ISBN 978-7-5492-7695-0		
印　　次	2022年3月第4次印刷	定　　价	46.80元		